自私的男人

SELFISH MAN

汶莎 著

天空數位圖書出版

序

　　是因為沙文主義的影響，所以處處都可看見自私的男人，但依程度的不同而讓那些與他親近的人氣得牙癢癢，有的男人自私而到處都只為自己著想，凡事都要計較一番；有的男人却以自己的想法去定義他人的想法；有的男人自顧自地只做自己認為正確的事；有的男人則是霸道地規定他人要依照自己的行為和模式去按表操課，諸多行為族繁不及備載，而這些自私的男人都有一套自己的邏輯思維，讓人搞不懂其真正的欲意何為，這樣奇葩的男人往往就在你我身邊出現，我也常遇到這些自私的男人，也曾跟他們過招，真的會讓人氣到昇天，真不曉得他們的腦子裡到底裝了些什麼，不管怎麼跟他們說，他們總是不接納別人的意見，並執意自己的想法，就算做錯了事情也拉不下臉向對方道歉，更不承認自己的錯誤，這樣的男人真的是非常令人厭惡。

本來要寫序的，好像不小心寫成了抱怨文，哈！哈！哈！

　　最近天氣炎熱有時真的很難構思新劇情，人家都說寫小說就像在孕育一個孩子，但有時真覺得並非孕育，而是難產或是胎死腹中的可能性更高……總之，好不容易寫出了一本自己還算滿意的小說，希望各位看倌能喜歡我的作品，甚至可以給一點鼓勵，好讓我繼續有動力再產出新的作品！謝謝你們！

汶莎

目錄

第一章　離去

「你這個自私的男人!」

周聖之不斷回想著今早方雁琳離去時對他說的最後一句話。

我…自私嗎?……哼!反正他應該只是耍耍小女孩脾氣罷了,待會還不是會乖乖的回來?

周聖之不想理會方雁琳的離開,拿起放在一旁的公事包準備出門上班去。

隨著工作的庸庸碌碌,原本白亮的天空早已陷入一片黑暗,周聖之停下手上的工作,看著玻璃窗外的景色,再看看放在辦公桌上方雁琳去年送他的機械時鐘。

「呼…已經這麼晚了啊!」

猜想著方雁琳八成會打電話給他,想像著一切又回到往常一樣,周聖之隨手伸入右側的西裝口袋拿出黑色的智慧型手機,打開螢幕,素淨的桌面圖示卻未如期的顯示任何未接來電或訊息。

「奇怪,可能回家了吧!」

　　如此猜著的周聖之將手機收回口袋，隨便整理桌面上的文件後，便起身拿起公事包回家去。

　　公司與住家開車沒幾分鐘距離的時間，周聖之回到了他與方雁琳的住處；停好車打開車門的他隨即抬頭看看家裡的住處樓層，原本以為會亮的燈，在此刻卻是昏暗漆黑。

　　「難道…她沒回家？」

　　抱著忐忑不安的心情，坐上電梯，電梯門一打開，周聖之便用手上的鑰匙將家門打開，迎接而來的一片黑暗證明了他的猜想是對的。

　　「可惡！這個時候跑去哪呢！」

　　周聖之拿起手機順手的按了幾個數字鍵，隨即出現嘟嘟嘟的等待聲。

　　「快接啊！方雁琳！」

　　電話似乎聽見周聖之的請求，沒幾分鐘嘟嘟聲斷了，換來另一道優美又熟悉的女聲。

　　「喂…」電話一頭的方雁琳怯怯的回了聲。

「方雁琳！你去哪了？」周聖之大聲的問。

「……我去哪也不關你的事吧？」方雁琳冷聲道。

「不關我的事？好歹你也是我的女朋友，女朋友不知去向我難道就不能打電話關心一下嗎！？」周聖之理所當然的說著。

「……關心！？呵！你什麼時候關心過我了？」方雁琳不屑的冷笑出聲。

「你…方雁琳！你現在給我馬上回來！」周聖之急躁又暴怒的心情在此時已完全暴發出來，不管三七二十一，直對著電話一頭的方雁琳怒斥咆哮著。

方雁琳的耐性也在此刻因周聖之的怒火已消失怠盡，她怒喝道：「你似乎忘了我們早上的吵架了，周‧聖‧之！你這個自私的男人！你現在憑什麼兇我，憑什麼指使我？在你還沒給我想清楚跟我道歉前我絕不會回去！」

聽見方雁琳氣憤的怒吼，周聖之也不干示弱的回道：「你…好！不回來是不是！可以！那你就永遠別給我回來！」

　　周聖之氣憤的將手機掛掉，然後將胸前的領帶理開，整個人用力的坐在長型沙發上，臉上扭曲的臉孔和暴紅的青筋將他的怒火指數清楚的標示出來。

　　什麼鬼屁方雁琳！那麼想出去就出去啊！老子才懶得鳥你！就算沒有你老子也能活的好好的！

　　一直都這麼認為的周聖之，日子過不到三天就開始頹廢了起來：我型我素的他不管環境如此的髒亂不堪，味道如此的刺鼻，只要不妨礙到他的存活他都可以忍受，屋子裡堆滿了便利商店的便當盒的餐桌、滿到快掉出來的垃圾筒、積在一旁未洗的衣物，讓人看了還以為是來到了垃圾場。

　　「啊…真麻煩…挑件比較沒味道的襯衫來穿吧！」在洗衣籃裡翻找著可以穿的襯衫，穿上後周聖之便一如往常的去上班了。

　　看著 PUB 裡一明一暗的燈光，邊喝著不加水的威士忌，下班後的周聖之開始尋找可以解決他「需求」的小狐狸來安慰自己這幾天的「辛勞」。

此時，酒保遞了一杯酒給周聖之，並指了指坐在不遠處的豔麗女子，示意著這杯酒是那位女士請的，周聖之往酒保指的方向看了看，心想：喔…這麼快就有小狐狸上勾了，雖然看不太清楚長什麼樣子，但那圓翹的小屁股和豐滿的雙峰可真是讓我的心癢癢啊！

周聖之禮貌性的拿起一旁的酒，趁著未醒的酒意走向那位女士「謝謝你啦！」

「不客氣！」女子微笑的回應

「我該怎麼稱呼妳呢？」周聖之悄悄的將手放在女子的腰上，女子先是驚訝的回頭看一眼，笑一笑地似乎理解了什麼，迅速地像水蛇般的將手纏繞在周聖之的脖子上。

「叫我…『Sunny』就好。」Sunny 輕輕的用手指沿著周聖之的下巴來回撫著。

這麼主動！？這真是稱了老子的心意！

「那麼…Sunny，這裡似乎不太適合談心，不如來我家如何？」周聖之色迷迷的眼神在昏暗的燈光下掩飾得很好，但語言中透露的挑逗意味卻十分濃厚。

「好啊！」Sunny 爽快的回答再也掩飾不了周聖之屁股上的狼尾巴。

周聖之牽起 Sunny 的手迅速帶離現場，緩慢的車速不適合周聖之現在澎拜的慾望，踩著快到底的油門，原本要十到二十分鐘車程的路在短短三四分鐘就到達。

在電梯裡，已被慾望佔領的兩人迫不及待的吸取著彼此的蜜液，伴隨著電梯的叮咚聲和開門，周聖之不捨的放開懷中的人兒，抽起口袋的鑰匙快速的打開門後再回抱剛才的人兒繼續著剛才未汲取完的蜜液，一路跌跌撞撞的走到房間。

「呵…呵…呵…剛剛…剛剛的心事還聊的不夠深入呢！我的 Sunny 小寶貝。」周聖之邪佞的站在床邊笑著。

「那…你還想要…」Sunny 邊說邊撫媚地解開胸前和褲頭上的扣子，接著將手伸入褲子裡揉撫著說「聊些什麼呢？」

這舉動成功的引起了周聖之的「性」趣。唷呼！這娘們兒還真夠騷！周聖之迅速的脫去身上礙人的衣物，碰的跳上床抱住那勾引他的小狐狸。

　　雙手熟練的褪去 Sunny 的衣物，啪的解開雙峰間的束縛，「啊…」Sunny 不經意的嗔叫一聲，引得周聖之狼心大悅，迅速扒下 Sunny 的內褲。

　　「Sunny，你這裡好美，像是藝術品一樣的精緻呢…」周聖之淫蕩的言語加上舌頭的愛撫，逗得 Sunny 失聲嗔叫，每當 Sunny 叫一聲，周聖之的硬物便更加堅挺，忍不住眼前誘惑的周聖之，在套上安全套後，以迅雷不及掩耳的速度進入 Sunny 的體內，兩人的交合換來聲聲野獸般的嘶吼，整個房間充滿著淫靡的氣氛，經由蜜液的交換及本能性的抽插，在周聖之最後一聲的低吼下，結束這一回合，周聖之解放完後立即呈現矇矓的狀態，不久後便依偎在 Sunny 身上睡著了。

　　「喂…你別睡呀，喂…」Sunny 叫不醒眼前的男人，輕輕的嘆了口氣後也跟著入睡。

　　「唉…我真是天生命賤才又回來這裡。」

　　方雁琳一邊啐啐唸著一邊開著車，經過這幾天的冷靜，方雁琳的心情也漸漸的平緩了許多，一想起周聖之這頭生活白痴的豬，再怎麼狠的心都已化為了擔心，擔心他吃不好、睡不好，

也擔心他在家裡萬一想煮個食物來吃的時候，不會使用瓦斯爐因而引起爆炸的話該怎麼辦…之類天馬行空的壞想法，在她的腦海中不斷上演著，習慣性地開進了家外的停車格，看見家裡的外觀始終如初，便放心了不少，方雁琳一邊下車一邊掏著鑰匙走向大門。

插入頭上還掛著可愛熊寶寶鑰匙圈的鐵門鑰匙，一推開門迎面而來的汗臭味夾雜著垃圾及食物腐敗的味道。

「哇靠！怎麼這麼臭！周聖之這傢伙是把房子當垃圾場使用嗎？」方雁琳捏著鼻子慢慢的從玄關一路走進來。

「周聖之！周聖之！跑哪去了…」方雁琳從客廳一路找都找不到周聖之的人，正當她走到她與周聖之的臥房前，微開的門縫和床上隆起的人影讓方雁琳確信他要找的人就在這裡。

他推開房門「周聖之！別…睡…了…你…」

顫抖的聲音隨著手上的鑰匙滑落，咚的一聲吵醒了在床上睡的兩人。

「嗚…怎麼這麼吵…」Sunny 從床上翻了一下，把周聖之身上的棉被拉了過去，感受到寒意的周聖之摸著床上疑似有棉被的地方，但卻摸不著，被迫睜開雙眼找尋棉被的位置。

棉被在周聖之眼中的重要性隨即被站在一旁的方雁琳所取代，微睜的雙眼頓時睜大了起來。

「方…方雁琳！？」周聖之隨即坐起身看著眼前那許久不見的人兒，再看看躺在一旁熟睡著的 Sunny，周聖之知道他的麻煩大了。

在眼眶中不停打轉的淚水，被悲傷和氣憤的情緒逼得潰堤而下，方雁琳強忍著淚水的侵襲緩緩的開口。

「周…周聖之，看…看來沒有我的日子…你倒是過的挺快活的嘛，我想…我是白擔心了…」說完後飛也似的逃離了"曾經"是他與周聖之的房間。

「方…雁…」周聖之看著一旁的 Sunny，心情又恨又氣，恨自己沒事幹嘛又帶了個女人回家，氣自己為什麼總是讓方雁琳哭泣。這時在旁邊的 Sunny 坐起身。

「吵死了，我還沒睡醒。」Sunny 用力的伸了個懶腰。

「滾！」

「蛤？什麼？」Sunny 疑惑地看著在一旁低著頭的周聖之。

「我叫你滾！」周聖之用力的抬起頭瞪著 Sunny 喊道。

但這種威嚇對 Sunny 來說一點用也沒有，她一臉睡臉惺松的抓了抓頭下了床。

「剛剛那個人是誰？是你女朋友嗎？吵得我都沒辦法睡覺哩！」Sunny 一邊撿拾起散亂一地的衣物一邊問道

周聖之拿起放在床頭櫃的煙，順手點起，想安撫一下自己目前心中的情緒，不經意的回道：「不用你管！」

Sunny 回頭對周聖之笑了一笑，坐在床沿道：「其實你想追出去吧！幹嘛不去追？」

見周聖之不語，Sunny 又繼續說：「怕丟臉？呵…你的面子值多少？你們之間的愛跟面子相比起來還要不值錢嗎？」

對於 Sunny 的一席話，心中不自覺得有些認同的周聖之，像是被說中心事的抖了一下，急急的吸了口煙，尼古丁發揮了安鎮的作用，緩緩的吐了一口氣。

「我很愛她，但她說我是個自私的男人…」

Sunny 冷笑了一聲：「是啊！你的確很自私！自顧自的解放完後馬上倒頭就睡，理都不理我！」

見周聖之沒反應 Sunny 又繼續說：「我是不太了解你，但就床事來說，你很自私，然而就剛剛你和她之間的事來說，你也很自私！」

周聖之並不懂 Sunny 所說的話，他疑惑地抬起頭看著她。

自私？我哪自私了？被他發現了我和另一個女人睡在一起，我什麼都還沒說就說我自私？什麼道理啊！

正當周聖之這麼想的時候，眼尖的 Sunny 早就看出他心中的疑問便接下去說：「被情人抓姦在床，你為了自己的面子而不去請求原諒，自私！你不願意為了你們兩人的愛而有所付出，自私！凡事都以自我為中心，自私！自認為所有的一切都是理所當然的，自私！」經 Sunny 這麼的提示說明，周聖之慢慢地回想起他以前和方雁琳相處時的情景……

第二章　過往之情

在大學時期的周聖之便被方雁琳獨特的氣質所吸引，那時還是棒球隊外野手的他，完全不顧他人的想法，像隻跟屁蟲似的時常在方雁琳的周遭出現。身為棒球經理的方雁琳完全沒發現周聖之的意圖，只覺得這個外野手問題相當的多，且似乎與隊上的人合不來，這對於需要團隊合作的社團來說，是件非常嚴重的事情，為了能促使周聖之融入球隊，方雁琳發揮她熱心助人的性格，想方設法地幫助周聖之與隊上的隊員們相處融洽。

「經理，你什麼時候有空和我一起吃飯呀？」周聖之笑咪咪的對方雁琳展開邀約。

方雁琳對於這不下數十次的邀約，漸漸地感到厭煩。

「我說過了，根據社團的規定，我從不接受和隊員私下的見面。」方雁琳斬釘截鐵的說道。

「我知道規定是規定，但規定就是用來給人打破的呀，不然怎麼會創造新規定呢？你說是不是…」

「這種歪理也只有你說得出來。」

方雁琳不理會周聖之的追求，將寫到一半的筆拿起來，戳了戳周聖之的背。

「喂，你也休息夠了，該你上場了。」方雁琳說道。

「喔好，那等我下場後再跟你說，等我喔！」周聖之對方雁琳擺出啾咪的手勢後，戴上球帽便往球場上跑去。

「他又來糾纏你啦？」身為球隊的打擊手陳剛打趣的說道。

方雁琳輕輕的嘆了口氣：「唉…這小子，完全沒有團隊精神呀，整天就在我面前晃來晃去的…」

陳剛輕笑了一聲：「他人不壞，只是…對於著迷的事情太過執著罷了。」說完便看向方雁琳一眼。

感受到視線的方雁琳回看這比她高一個個頭的陳剛問：「怎…怎麼了？我頭上有什麼嗎？」

聽到方雁琳遲鈍的發言，陳剛不禁懷疑這女人是不是對於愛情完全沒有概念，在嘆氣的搖搖頭之餘，陳剛突然想到了一個好主意。

「方經理，我們下下個月不是要參加校際棒球賽嗎？如果你能讓周聖之這個外野手發揮他的才華讓我認可晉升成補手的話，或許我們的比賽贏面就會變大喔！」

在方雁琳當上球隊經理的那一天起，社團從未在任何一個比賽得過獎項名次，所以方雁琳對於這次的校際棒球賽的輸贏相當在意，一聽到陳剛的提議，方雁琳拍胸脯保證。

「真的？好，那我一定會好好訓練他！給我一個月的時間，我一定會讓周聖之脫胎換骨！」

無疑地接下挑戰的方雁琳，完全還不曉得陳剛的意圖。

剛完成拋接練習的周聖之，以小跑步的姿態回到方雁琳的身旁。

「你明天開始留下來和陳剛進行特訓！」方雁琳指著周聖之的鼻頭說著。

「咦！為什麼？」周聖之回問的同時陳剛也委屈叫道。

「什麼！？你不是答應我說你要訓練他的嗎？怎麼也把我一起拖下水？」

方雁琳調皮的朝陳剛笑一笑：「但你沒說我不能找人幫忙呀！」

　　陳剛搗著額頭一副『被你打敗』的表情，認命的接受方雁琳的安排。

　　「我以球隊經理的身份命令社長你和周聖之進行特訓，當然我也會和你們一起留下來。」方雁琳笑笑地正經說著。

　　周聖之眼看著方雁琳和陳剛在那有說有笑的，心中一把炉火不斷的在燃燒，這也激起了他與陳剛的對抗意識。

　　「既然經理都這麼說了，那我也只好接受陳剛學長的訓練，只是…不知道最後到底是誰在訓練誰就是了…」周聖之言語上的挑釁讓陳剛聽得很不是滋味，陳剛也不干示弱的回應道：「那不然來試試看就知道啦…」順勢往前站了一步。

　　方雁琳眼看著這二人火花四起、針峰相對的模樣，趕緊出來滅火，

　　「周聖之，我要陳剛幫忙，是因為要把你晉升成補手…」

　　周聖之斜眼看了一下方雁琳，疑惑道：「捕手？我為什麼要當捕手？」

　　「因為以你接球的才華，我覺得捕手這個位置很適合你。」陳剛補充說道。

「我不要，當捕手還要配合投手和其他內野手，我沒興趣。」
周聖之斷然拒絕後，正要離開的同時，方雁琳急冒出一句話。

「不然…你如果當上了捕手，我就跟你出去吃一次飯！」

聽到這樣好康消息的周聖之，一掃剛剛的陰霾雀躍的說道：

「既然方經理都這麼說了，那就一言為定，我一定會當上
捕手的。」

陳剛看著這兩人的互動不禁失笑：「當上捕手前還得需過
我這一關呢，周聖之學弟。」陳剛摩拳擦掌的說著。

周聖之銳利的眼神看向陳剛：「學長，還請多多指教。」
然後伸出手與陳剛對握，方雁琳看著二人背後似乎冒著大火般
炙熱，覺得有些擔心，但又看兩人的互動隨即知道自己的擔心
是多餘的。

在經過陳剛的訓練下，周聖之接球的技術愈加精進，與隊
員之間的互動也愈加頻繁，除了會與主投手溝通投球手勢，也
會與內外野手相互配合，團隊默契一天比一天還要更加契合，
很快的一周就這樣過去了。

　　到了約定測試的那日，方雁琳的心情有些忐忑不安，緊張的情緒都寫在臉上，讓周聖之看得不禁發笑。

　　「你…你笑什麼？」方雁琳看著周聖之不滿地說道。

　　「別緊張，我都不緊張了你緊張什麼？還是說…你是緊張我們的約會？哈哈哈…」周聖之一副好像事不關己的模樣說笑著，讓方雁琳更加緊張。

　　「拜託，在我任內我是真的很想贏得一場比賽的好嗎！不指望你的話，我還能靠誰？」

　　聽到方雁琳這樣說，周聖之收起笑容，認真的眼神望著方雁琳：「你放心，我一定會成為捕手，為妳贏得比賽的。」

　　看著周聖之這樣認真的眼神，不知怎麼地，方雁琳的心開始起伏不定，臉上也泛起潮紅，

　　哇…怎會突然覺得周聖之好帥…這是怎麼了？心感覺跳得好快…我是生病了嗎？不過緊張的心情漸漸的放鬆了下來，但怎覺得好熱…看來得出去透透氣吹吹風才行。

　　方雁琳撇過頭隨口說道：「嗯…那…那你加油！」說完後隨即跑開。

　　這時陳剛與方雁琳錯身走過，看到方雁琳臉紅的樣子，陳剛輕笑一聲，對周聖之說：「現在要來測試了，你準備好了嗎？」

　　「那當然！」說完後，周聖之揩同陳剛走向球場，就定站立位置後陳剛開口說道。

　　「規則很簡單，只要你能接下我投出的 3 顆球，這場測驗就算你通過。」

　　對自己一向很有自信的周聖之，嗤聲一笑：「哈⋯管你要投幾顆，我通通全部都把它接下來。」

　　隨著豔陽高照，微風徐徐，大家都屏氣凝神地看著兩人，隨即陳剛投出了一顆直球，『啪！』的一聲，周聖之接住了，接著陳剛又投出了第二顆球，左旋的球道不偏不倚地落進了周聖之的手套，現場開始熱鬧了起來，大家都替周聖之感到興奮，方雁琳也不例外。

　　「剩下最後一顆了⋯拜託老天⋯讓周聖之接住吧！」方雁琳雙手緊握著向天祈禱，不知是否上天聽到了方雁琳的祈求，在陳剛最後投出的變化球後，周聖之眼神緊跟著球，預測球道，

精準的接下這最後一顆球，隨即現場響起了一片掌聲，大家都衝上球場為周聖之喝彩。

「幹得漂亮！」陳剛拍拍周聖之的肩膀說道。

周聖之搓搓鼻子驕傲地說道：「那當然。」

在接受一番道賀後，周聖之離開了人群走向方雁琳站的休息室，

「那方經理…我們是否可以一起共進晚餐呢？」

方雁琳嘆了一口氣：「你怎只記得這個啊？你別忘了下下個月還有個校際比賽…」

「我一定會贏得獎杯給你看的。」周聖之自信的回應道。

「唉…真是受不了你，好啦！既然你晉升捕手了，那我們一起去吃晚餐吧！」方雁琳看向球場的大家說道，瞬間周聖之的臉垮了下來。

「你…我…你不是答應和我一起去吃飯的嗎？怎麼變成大家一起去？」

「我是答應和你去吃一次飯，但沒說我不能帶別人一起去呀！嘻嘻~~」

面對方雁琳調皮的回應以及被可愛的笑容所擊敗的周聖之，也只能服從的跟著大伙一同吃晚餐。

在大伙一同用完餐之後，方雁琳開心的喝了一些酒，不勝酒力的她不但走路歪斜，還大聲嚷嚷著自己沒醉，在一旁看不下去的周聖之攙扶著方雁琳。

「喂，我想這傢伙也不行了，我先送她回家。」周聖之向還在店門口聊天的伙伴說。

「你可得好好送他回家，可別亂來啊！」劉剛看著周聖之比著『I WATCH YOU』的手勢，周聖之看了看笑了一下比了個『OK』的手勢，然後便叫了計程車將方雁琳送上車，自己則坐上副手座離開了現場。

在後座車上的方雁琳，像個孩子一樣，一邊喃喃自語，一邊找尋適合的舒服姿勢，在酒精的催眠下，方雁琳安穩的躺在後座睡著了，從後照鏡觀察著的周聖之不禁失笑出聲。

　　真是可愛，如果能將他追到手的話…我一定會好好的照顧她、愛護她，不讓他受到任何一點傷害。

　　周聖之在心中暗自說著，一邊以愛憐的眼神看著後座熟睡的方雁琳，過沒多久計程車到達方雁琳的住處，周聖之打開車門將方雁琳拖下車，摸索著方雁琳的背包尋找鑰匙，一路攙扶她到她的房間，將他丟上床。

　　「呼…扛一個人比訓練還要累…方雁琳你也太重了吧…」

　　酒醉睡著的方雁琳似乎聽到周聖之的抱怨，大聲的舉起雙手對空中掄拳抗議：「我才不重哩…我沒變胖…嗚…我沒有……」

　　抗議聲中夾雜著不甘的怨恨，讓周聖之先是嚇了一跳，後來又看見方雁琳熟睡的醉顏，又不禁心神蕩漾。

　　「真是可愛…」周聖之情不自禁的往方雁琳的額頭上親去，雙手正要撫上她的身體時，理智將他拉了回來。

　　周聖之，你在幹嘛，不能這樣趁人之危，想想劉剛跟你說過的話。

　　周聖之倏地從方雁琳的身上彈開，看著方雁琳的醉顏，輕聲喃語的小嘴，周聖之嘆了口氣，摀著紅韻的臉。

　　「唉…真是個誘惑人的小寶貝…還是趕快離開的好。」

　　就在周聖之要離開之際，方雁琳拉著周聖之的衣角不放。

　　「不要離開…」方雁琳喃喃的說著，讓周聖之的心更加澎湃。

　　「這誘惑人的小寶貝，這可是你的選擇喔…別怪我…」周聖之一說完，隨即回過頭吻上方雁琳的雙唇，周聖之的舌頭長驅直入，翹開方雁琳的貝齒往裡面探索著，因被親吻而感覺呼吸不到空氣的方雁琳，微微睜開眼，看見自己和周聖之正在接吻，嚇得馬上將周聖之推開。

　　「你…你在幹嘛…？」方雁琳緊張的拉起棉被，看著周聖之說道。

　　周聖之驚覺自己無法控制的情慾已在方雁琳身上暴走，後悔內疚的心情漸漸在心裡漫延開來。

　　見周聖之低頭不語，方雁琳鎮定心情後說道「你…你快走，我就當今天的事情沒發生過。」

　　周聖之聽到方雁琳這麼說，心中覺得很不是滋味，微怒的他抬起頭慢慢走向方雁琳。

　　「我沒辦法做到…我無法將今天的事情當做沒發生過。」

　　眼看著周聖之慢慢走來，方雁琳更加緊張。

　　「你…你別過來，再過來我…我就要報警了！」方雁琳拉過床頭的包包，拿出手機作勢要撥號，同時周聖之鞠躬大聲疾呼。

　　「經理，我喜歡你！拜託請你和我交往！」

　　被周聖之的話震驚到一句話也說不出來的方雁琳，腦袋一片空白，撫著嘴唇久久說不出話來。

　　周聖之喜歡我？他要和我交往？現在是什麼情形？是我還在做夢嗎？還是他喝醉了在胡言亂語？

　　思緒仍還在紛亂中，方雁琳勉強地擠出一句話：「呃…周聖之…你是喝醉了嗎？怎麼跟我開這種玩笑…這一點也不好笑。」

　　周聖之緩緩抬起身，認真嚴肅的眼神震懾了方雁琳的心。

「經理，我不是在開玩笑，而且我也沒喝醉，我喜歡你很久了！」

方雁琳隨著周聖之的話臉上的紅潮愈加愈深，身體也逐漸發熱了起來。

所以…我是真的被告白了？我的天呀！對象還是周聖之？我完全不知道自己喜不喜歡他啊！？只有今天的那一瞬間覺得他很帥而已…可是這樣算喜歡嗎？

方雁琳還在混亂的同時，周聖之慢慢地走向床榻，握起方雁琳的雙手，大而厚實的掌心傳來緊張的擅抖和汗水，以及令人感到炙熱的溫暖，燒得方雁琳不知所措。

「我…那個…我…」

「妳不用急著給我答案，我等你，我會讓你知道我對妳的好。」說完後周聖之便放開手離開房間，只剩下呆愣在原地的方雁琳。

被這樣霸道地告白還是第一次…唉…這該怎麼辦才好…

　　方雁琳把臉埋在棉被裡苦惱著如何迎接隔日的早晨，驚魂未定外加過度思考及酒後宿醉的疲倦感，讓方雁琳頭一次覺得上學是件令人痛苦的事情，讓他不得不翹掉早八的課程。

　　不知過了多久，門鈴響了起來，方雁琳緩緩的起身，朦朧的意識支撐著本能反應，不自覺得打開了房門，迎面而來的是昨晚再熟悉不過的低沉嗓音。

　　「嗨，經理早安！」周聖之亮起白皙笑容說著。

　　方雁琳被這聲早安驚嚇得五魂四魄都回了神，呆傻地看著眼前的周聖之：「你…你怎麼會來？」

　　「我看你早上沒去上課，想說應該還在宿醉頭痛，所以就帶了一些解酒的給你！你看！」周聖之亮出手上的提袋得意的說。

　　在未經方雁琳的允許下，周聖之堂而皇之的進入了房間，自顧自的走進廚房打開冰箱，準備開始料理。

　　「你…喂…你幹嘛…」方雁琳話還未說完周聖之便開口問：「妳應該還沒吃東西吧？吃粥行嗎？宿醉還是吃點清淡的好。」

27

話一說完，方雁琳的肚子響了個咕嚕聲，周聖之聽到不禁失聲大笑出來。

「你…你笑屁！」方雁琳用力的搥了一下周聖之的背，但對於經常鍛練的周聖之來說這一搥根本不痛不癢。

方雁琳眼看攻擊無效，放棄的嘆了口氣坐到餐桌前：「唉…算了…記得做好吃一點啊。」說完後就拿起一旁的手機開始看今日新聞。

突然意識到現在這種狀況的方雁琳，驚覺好像有些不對勁。

咦！？我們這樣怎麼看都好像是在交往的樣子…等等…我有答應他的告白嗎？昨晚…我記得是沒有啊？他說要等我的答覆…所以…現在是…那該問他嗎？要怎問？是要問『我們現在是在交往嗎？』還是要問『我昨天有答應你的告白嗎？』好像都不對…啊…該怎辦才好？

方雁琳假裝鎮定地看著手機，但腦中的迴路仍不斷的過度運作中，就在周聖之將粥端上桌的那一刹那，食慾戰勝了思緒，方雁琳拿起湯匙淺嚐了一口。

「哇…也太好吃了吧…」

「那當然，料理可是我的興趣呢！」周聖之得意的說著。

「想不到你運動厲害，料理也這麼厲害…也太全能了吧！」方雁琳一邊誇讚一邊吃著粥。

「如果你想吃的話，我天天都做給你吃如何？」周聖之拉開椅子坐在方雁琳對面，認真誠摯的眼神直盯著方雁琳。

啊…不要這樣看我…我對這種眼神最無法招架了…

方雁琳刻意避開周聖之的眼神，低頭吃著粥，看著方雁琳的反應，周聖之覺得怎麼這麼的可愛。

「經理，我真的很喜歡你，可以和我交往嗎？」周聖之不禁脫口而出的二次告白讓方雁琳停下手上的湯匙。

啊…怎麼又說了同樣的話…那我是不是應該回應他一下…

「那個…我…不知道。」方雁琳吞吞吐吐地說著。

　　周聖之似乎預期到方雁琳的回應慢慢說道：「我知道…所以我也不打算等你的回覆了…」接著起身往前傾，將方雁琳的下巴抬起。

　　「我決定先斬後奏，我們直接交往吧！」

　　「什麼！！」方雁琳瞪大了眼，直盯著眼前這個男人，直覺這男人有點危險，但那認真且誠摯的眼神卻讓她的心融化。

　　「那個…我…」正當方雁琳要說什麼的同時，周聖之的雙唇隨即吻了上來。

　　來不及反應的方雁琳呆愣在原地，看著周聖之緩緩離開。

　　「我說過我會讓你知道我對你的好…這是我實踐諾言得到的第一個報酬。」周聖之輕舔著上唇微笑著說著。

　　方雁琳撫著雙唇，看著桌上的粥，又看著眼前的周聖之，隨即明白這一切都是出自於周聖之精心的安排，雖然被奪走了初吻，但又看著周聖之的貼心表現，心裡的矛盾愈加強烈。

　　「我…不知道我喜不喜歡你，但我不討厭現在這樣…」

　　聽到方雁琳這麼說，周聖之像個孩子般，雀躍的握起方雁琳的雙手。

「如果你不知道的話，那就交由時間來決定吧！」

「時間？」方雁琳疑惑道。

「在我們交往的這段期間，我會讓你愛上我的。」周聖之自信的說道。

方雁琳陷入了沉思後，過了一段時間開口說道：「三個月…我跟你交往三個月，如果這三個月我真的愛上了你的話，那我就…」方雁琳話未落完，周聖之便搶著回答。

「如果這三個月你真的愛上我的話，你就是屬於我的了。」

方雁琳聽見周聖之這麼直白的話語，不禁臉上又泛起潮紅，默默的點了點頭。

周聖之得到了方雁琳的同意後，不禁握緊拳頭說了聲「YES！」

「小琳琳，那我們從今天起就是男女朋友了！」

聽到周聖之幫自己取了個肉麻的稱號，不禁覺得心裡一陣酥麻，身上爬滿了雞皮疙瘩。

「誰…誰准你叫我小琳琳的…」

「你是我女朋友呀，我總不能一直叫你經理吧！當然是要叫你小琳琳呀！」周聖之理所當然的說道。

方雁琳對於周聖之口中的『女朋友』還不甚習慣，感到有些彆扭，但既然都答應人家要交往了，這稱號的部分也像周聖之說的，也不能一直叫經理⋯

「你⋯直接叫我雁琳就好了，小琳琳太噁心，我不要！」

周聖之雖然有些不滿意，但突然想想叫雁琳好像也不錯，於是便答應了方雁琳的要求。

「那你可以叫我小之之或是小聖聖，不然叫我⋯」當周聖之開始愉悅地幫自己取親暱的愛稱時，方雁琳開始覺得受不了，趕緊出口制止周聖之的發言：「我想我叫你聖之就好。」

「蛤⋯好吧，叫聖之也不錯。那我叫你雁琳，你叫我聖之，就這麼決定了。」周聖之開心得一直默默重覆著方雁琳的名字，讓方雁琳看了覺得這男孩怎這麼可愛，對於周聖之又有了不同的認識。

　　隨著周聖之的貼心照料，方雁琳開始慢慢卸下心防，在與周聖之開心對談之餘吃完了粥，喝了點解宿液後，便躺下休息，周聖之則在床榻一邊陪著。

　　「你不用陪著我啦…我已經沒事了…」方雁琳勸說著周聖之回家，但周聖之卻堅持不離開，說要等到方雁琳睡著後才願意離開，拗不過周聖之的方雁琳，只好乖乖地躺在床上，閉上眼睛，隨著藥效的發揮逐漸沉睡。

　　「再見，我的雁琳小寶貝。」周聖之起身離開前輕吻了一下方雁琳的額頭，愛憐地看著她沉睡的睡顏後，收拾起東西離開了方雁琳的住處。

第三章　裹足不前的理由

　　方雁琳在睡夢中回想起小時候的事情，方雁琳的父母時常忙於工作，以致生活上的大小事都必須由方雁琳自行去張羅，渴望得到父母疼愛的方雁琳曾嘗試過各種方法吸引他們的注意，像是以吵鬧的方式抒發自己心中的不愉快；或試圖讓自己的成績往下掉；或是一些無傷大雅的小壞事，結果換來的都是不諒解她的一頓毒打，讓方雁琳覺得自己好像是家裡的累贅，不被父母所需要的孩子，因此心靈上對於情感的依賴相當沒有安全感。

　　為了尋求心靈上的慰藉，方雁琳將情感轉移至周遭的親朋好友身上，成為朋友圈裡使命必達的重量級好友，無論是生活上的大小事情或是感情上的問題，方雁琳都很熱心地幫助他們，這也造就了她的好心腸，但也使她常常吃虧，不善於拒絕他人的要求，總是讓自己忙不過來，像個陀螺一樣不停的旋轉，於是有一天方雁琳在何晏清的面前崩潰大哭…

　　這一哭驚醒了熟睡中的方雁琳，方雁琳從床榻上起床後，看著床頭與何晏清的合照，眼淚從臉頰上慢慢滑落。

　　「清清…沒想到過了這麼久，我還是這麼想你…」

　　方雁琳用手拭去臉上的淚後，從床上爬起，看看時間已是傍晚六點時分，進入浴室洗把臉出來，就見到餐桌上留有一張紙條，上面寫著『記得晚上要吃晚餐，我先回去了，掰掰～～我的雁琳小寶貝！聖之。』

　　看到周聖之留的紙條，方雁琳微微的一笑，覺得這男子非常奇怪，莫明其妙地突然就闖入了她的情感世界，將她牢牢地圈在懷裡，讓她感受到很久沒有的暖心感，雖然有些霸道但又有些孩子氣的可愛…

　　方雁琳回想著周聖之今天的行為，又看向床頭與何晏清的合照，心情慢慢的緩和下來。

　　「我…還能去依靠任何人嗎…」方雁琳拿起合照，輕輕的擁入懷中，看著窗外的月亮沉思起來。

　　翌日，周聖之拿著鑰匙打開方雁琳的房門：「早安～～我的雁琳小寶貝～～該起床去上課囉！」

　　方雁琳一早就被周聖之的聲音嚇得從床上跳起，回想著昨晚睡前明明有將房門給上鎖，周聖之是怎麼進來的？

「你⋯你怎麼進來的？」方雁琳將心中的疑問說出。

周聖之亮出手上的鑰匙，得意的說：「因為我偷偷複製一份鑰匙啊！」

方雁琳一臉被擊敗的表情：「你這樣是在犯罪，你知道嗎？哪有正常人會偷打少女閨房的鑰匙！」

周聖之仍繼續得意的傻笑：「又沒關係⋯因為你是我女朋友呀！」

方雁琳的害羞被怒火所掩蓋，心中覺得如果不好好的矯正這頭野獸的思想的話，放出去可能會危害世界上的所有婦女。感覺肩負所有婦女生命安危的方雁琳，決定要好好的教育教育周聖之，於是板起臉來，口氣嚴厲的叫了周聖之：

「你給我過來，坐下！」

感覺到方雁琳怒氣的周聖之，覺得大事不妙，只好乖乖地聽從指示坐下，並聽著方雁琳的性別平等教育宣導。

碎唸了近半個小時的方雁琳最後向周聖之詢問：「這樣你知道了嗎？」

周聖之站起身子大聲疾呼：「是，知道了。」接著方雁琳伸出手，示意要周聖之將鑰匙交出來，起先周聖之一直耍賴不給，但最後在方雁琳的威脅與武力暴打的之下，周聖之仍屈服將鑰匙交出，接著將周聖之趕了出門，要他在外面等待。

在房間換完衣服後的方雁琳，走出房門後便被周聖之牽著手前往學校。

被周聖之牽手的方雁琳覺得相當害羞，試圖想甩掉，但卻怎樣都甩不開，只好任由周聖之一路牽到學校，一路上方雁琳祈禱著上蒼千萬不要讓他遇到認識的人，但莫非定律卻讓她們好死不死被陳剛遇到。

「早安…咦？喔～～」陳剛向周聖之打招呼，看到牽手的二人，隨即明白了什麼，拍拍周聖之的肩膀說道：「要對經理好一點啊！」

周聖之看著陳剛說道：「廢話。」然後就開心的將羞紅著臉的方雁琳送進教室，這理所當然地也讓方雁琳在教室掀起一陣話題熱潮。

「喂…你交男朋友啦？」跟方雁琳還算要好的同學李安蓁問道。

方雁琳羞紅著臉隨便敷衍道：「對啦…他要我跟他在一起我也沒辦法。」

「吼…說得這麼委屈，心中還不是甜滋滋的，我還以為你是不戀愛主義的人呢。」面對李安蓁的調侃，方雁琳也不得不同意她的說法。

的確，她也覺得自己這輩子應該跟戀愛無緣，但面對周聖之的霸道追求，方雁琳雖然不討厭但也覺得有種被需要的感覺，讓她感到相當暖心，所以才答應了周聖之的追求。

「唉～～別再說了…反正…就這樣子吧！」方雁琳攤坐在位子上，覺得虛脫無力。

到了下課時間，方雁琳打算趁著周聖之要去練社團的時間偷溜回家時，沒想到周聖之早早就等在教室門口。

「雁琳小寶貝～～我來接你囉！」

方雁琳看見滿臉堆著笑意的周聖之，用力的嘆了口氣：「唉…你怎會在這裡？今天不用練社團嗎？」

「我跟社長已經報備過，今天要送經理回去，送完後再回來練習。」

「你可以直接去練習沒關係…」方雁琳小小的抱怨道。

「不行，你是我的女朋友，我有義務送你回家。」

班上的同學聽到周聖之的回應，紛紛開始起哄聲援周聖之。

不習慣成為焦點的方雁琳，尷尬地羞紅著臉，拉著周聖之離開教室，兩人肩並著肩走在路上，周聖之體貼地小心翼翼護著方雁琳，輕摟著她的肩避開車潮和人潮，深怕一個不小心方雁琳就會被撞傷。方雁琳對於周聖之的體貼感到愈來愈覺得窩心，但內心仍還是有股力量要求著自己不能去依賴周聖之對於自己的好，就在這樣的矛盾衝突下，周聖之將方雁琳送到了家門口。

「那…謝謝你，今天送我回家…」方雁琳客氣的說。

「不會，那麼明天見，我要去練社團了，掰！」周聖之說完後便用小跑步的姿態離開了方雁琳的住處。

「咦…怎麼今天沒有說要進我家。」方雁琳感覺有些落寞，喃喃小聲的說著。

突然意識到自己反常行為的方雁琳，驚訝的又在內心上演起小劇場…

等等，我在期待什麼？期待他進來我家？進來我家要幹嘛？接吻？還是…等等等等…我到底怎麼了…一定是這幾天被周聖之這樣一搞，整個人都亂了，一定是這樣…

不斷地為自己反常行為辯解的方雁琳，拿起鑰匙開了房門走進去，同時也決定暫時撇開自己對周聖之的想法，先好好地為下下個月校際比賽擬定好策略，其它的以後再說。

隨著練習時間愈是緊湊，不知不覺來到了校際比賽當日，每個人繃緊神經為這場比賽打起精神準備應戰，唯有周聖之像是事不關己般的做著暖身運動，不與大家互動。方雁琳看到周聖之一個人在遠處，便緩緩的走了過去。

「你怎麼一個人在這裡？不去跟大家一起嗎？」

「沒呀，我在想如果贏的話要和你討什麼獎勵啊！」周聖之一臉壞笑的看著方雁琳。

單純的方雁琳不知周聖之的企圖傻傻地回應道：「好呀，如果今天我們學校贏了的話，我就給你獎勵。」

「真的嗎？那我要…嘿嘿…」周聖之邪佞的笑容，笑的讓方雁琳開始後悔答應他的要求。

「我…我想還是算了…嘿嘿…」方雁琳正打算轉身離開的時候，卻被周聖之一手拉了回來。

「來不及了…如果贏的話我要和你做一次…」

面對周聖之大膽的色情言論，惹得方雁琳一臉羞紅，不知道該如何回應。

這時劉剛突然大喊：「該我們上場了，大家提起精神應戰！！」

大伙開始慢慢地朝球場移動，周聖之戴起頭套拍了一下方雁琳的肩膀。

「就這麼說定了！」

　　隨著比賽的進行，下半場逐漸白熱化，目前分數 7 比 6，壘包上站 1、2 壘還有人，還差 2 分就能與我校平手，大家揮灑著汗水，在豔陽的照射下，更顯得心急如焚，這時傳來劉剛的提振士氣的大喊：「大家加油！剩最後二場我們一定要阻止他們挽回分數！」

　　周聖之則皺著眉頭朝投手丘比了個手勢，投手先是有些訝異，但卻相信周聖之的決定，投出了難以令人捉摸的直線變化球，三振了打擊手，讓對方沒機會得分，到了最後一位打擊手，周聖之仍比了個同樣的手勢，結果打擊手第一棒落空，第二棒則擊了出去，這讓大家相當緊張，視線緊追著球，外野手接到球後投向 2 壘成功觸殺跑者，2 壘正當要把球投向 3 壘時，卻發現在 2 壘的跑者跑過 3 壘直朝本壘奔跑，一個當機立斷就將球往周聖之的方向投，周聖之眼神一閃，接過球成功觸殺跑者，比賽以 9 比 7 贏得了勝利，大家歡呼的在球場中央齊聚，將周聖之抬起來歡呼，方雁琳也開心的加入歡呼的行列，這時周聖之一把將方雁琳擁過來，給了深深的一吻，方雁琳害羞地推開周聖之，嬌聲喃語了一句：「好臭。」逗得大家笑開懷了。

在比賽完的晚上，大家去了餐廳舉辦慶功宴，一番酒酣耳熱的時候，有的人提出了續攤，有的人則是想散會回家，而周聖之牽著方雁琳的手和大家一陣道別後就緩緩的朝著方雁琳的家走去。

一路上方雁琳潮紅著臉低頭向前走，一句話也不說，憋得周聖之不禁開口：「你什麼都不說，是…不開心嗎？」

「沒…沒不開心呀…只是…」想到接下來到家後會發生的事情，方雁琳覺得既害羞又緊張。

「該不會你…在緊張吧？」周聖之壞笑的低下頭看著方雁琳，讓方雁琳的臉更加羞紅。

周聖之看見方雁琳可愛的模樣，忍不住將他擁入懷中，心裡只想要好好的疼愛眼前這個可愛的小女孩。

「別緊張，別害怕，沒事的。」

不曉得為什麼，當方雁琳聽到周聖之這樣說，有種莫明的安心感，正當她開始慢慢放鬆心情的時候，不知不覺周聖之已隨著她進入家中，關上門後周聖之隨即掠過方雁琳的雙唇，兩人唇舌交戰，周聖之的舌頭緊追著方雁琳的舌頭不放，手也緩

緩的將方雁琳的衣物褪下，熟練的解開內衣，雙手粗暴的揉撡著方雁琳的雙峰，讓方雁琳不禁失聲嬌嗔。

嬌嗔聲讓周聖之更加興奮，周聖之將方雁琳一把抱起放到床上，看著羞紅臉的她，周聖之的眼神愈加溫柔。

「我要繼續了喔…」方雁琳迷離的眼神聽到周聖之溫柔的話語，失神的緩緩點了頭。

得到允許的周聖之右手繼續往下探，褪掉方雁琳的褲子，露出白皙的大腿，方雁琳忍不住又嬌嗔了一聲，周聖之不理會更將臉埋入方雁琳的胯下，用力吸著。

「嗯…真香…」周聖之淫靡的話語，讓方雁琳害羞的把臉埋進了枕頭，周聖之迅速褪去全身的衣物，將方雁琳的右手拉過來，靠近自己那已昂然廷立的巨物，方雁琳觸摸到溫熱物體，上頭還有些許的青筋暴露，甚至滲出些許蜜液，讓方雁琳不禁嚇了一跳，一想到這巨物要進入自己的體內，便開始有些害怕，但周聖之的行動卻不容許她有害怕的時間，快感瞬間襲捲而來，在周聖之的引導下，手指褪下了方雁琳的內褲，長驅直入那茂密森林裡的小洞，隨著周聖之的抽插，緩緩流出歡愉的汁液，

被汁液滋潤的小洞愈發鬆軟，周聖之抬起巨物，一個倏地滑入小洞，方雁琳發出一聲嬌嫩的叫聲，隨著周聖之的動作愈發激烈，方雁琳發出的聲音也愈是淫蕩，整個房間除了兩人的聲音，更充滿了啪嗞啪嗞的淫靡聲響，最後隨著周聖之野獸般的低吼聲，抽插的動作也慢慢的停了下來，周聖之趴在方雁琳的胸前，不斷的喘著氣，方雁琳則羞紅著臉不敢往周聖之的臉上多逗留一會兒。

周聖之看到方雁琳害羞的模樣忍不住想逗弄她：「怎麼，老子的技術你不喜歡？」

「……」

「呵…你不說話我怎知道你的感想呢？」周聖之強行將方雁琳的手扳開，看見方雁琳臉上染滿紅潮，雙眼擒著些許的淚水，兩片紅唇微啟，像似個可憐的小狗般乞憐的樣子，讓周聖之更覺得可愛。引得他玩心大起，愈加的想要逗弄方雁琳。

在等不到方雁琳的回話，周聖之的頭慢慢的往下探，輕咬住雙峰間的微紫葡萄，不停的舔含著，引得方雁琳嬌聲四起。

「你一直叫…我怎麼知道你在說什麼呢？」周聖之壞笑地看著方雁琳淫靡的臉色。

「你…你過份。」方雁琳小小的抱怨了一下。

「我怎麼過份了？你說呀？」周聖之的舌頭繼續往下探到了肚臍眼，輕輕的舔弄著方雁琳敏感的嫩膚。

「啊…啊…嗯…你…不要這樣…」方雁琳的雙手小小的抵抗了一下，但仍敵不過周聖之的力氣。

「不要怎樣？本大爺的技術到底是好…還是不好呀…？」周聖之仍邪佞著笑著，不放過方雁琳。隨著周聖之不停的逗弄下，方雁琳禁不住羞恥慢慢的啜泣了起來，這一哭嚇得周聖之不敢再繼續，趕緊抱著方雁琳安撫道。

「好好好…不哭不哭…不弄你了…乖乖…」

「你…過份…」方雁琳摀著臉用力捶著周聖之的胸膛。

「好好好…是我過份了…對不起…那我們睡覺好嗎？」

「嗯…」方雁琳不知是因為剛剛的翻雲覆雨累了亦或是醉了，在周聖之的安撫聲中逐漸睡去，見方雁琳安睡後，周聖之也摟著方雁琳睡著了。

早晨的陽光透過窗隙照入了方雁琳的床，被光直射的方雁琳揉著雙眼漸漸醒來，發現自己和周聖之全裸的樣子，回想起昨晚的一切，又馬上全身佈滿紅潮。

「唉…看來昨天似乎又喝得太多了…不過…這種感覺…也不那麼討厭…」看著在一旁熟睡的周聖之，方雁琳不禁微笑了起來，逗弄著周聖之的睡顏，看著他的反應讓方雁琳著實覺得有趣，最後捏起周聖之的鼻子和嘴巴，過了幾秒鐘，呼吸不到空氣的周聖之倏地驚醒，看著周聖之的反應，方雁琳開心的大笑起來，周聖之意識到原來這一切都是這調皮的小壞蛋引起的，不干示弱的對方雁琳使出搔癢攻擊，就這樣一來一往，兩人迎接了一個開心的早晨。

隨著時間一天一天的過去，兩人也交往了近半年，周聖之仍覺得有些地方有些不對勁，他感覺方雁琳並不像一般的女孩一樣，矯柔作態，故作柔弱，反而是遇到什麼都自己來，不曾向他救助也不曾依賴他，這讓想要勇於表現大男人主義的周聖之感覺特別彆扭，有種不被信任的感覺。直腸子大剌剌個性的他也懶得想這麼多，突然在某一天與方雁琳獨處的時候，周聖

之將心中的疑惑說了出來：「雁琳⋯為什麼你都不依靠我？我有這麼不被你信任嗎？」

突然被這樣一問的方雁琳，愣了幾秒然後緩緩開口：「怎麼突然這麼問？我沒有什麼事情是需要你幫忙的呀。」

周聖之有些不爽：「上次校慶社團活動突鎚的時候，你為什麼不請我幫忙，而是叫劉剛上場？」

「因為劉剛有很多粉絲，所以派他上場可以緩和氣氛。」

太過合理的回應讓周聖之有些不知所措，又急忙道：「那⋯那上次我們約會的時候，你腳扭到了，那為何不請我背你？」

「呃⋯又不是扭到不能走了，幹嘛還要麻煩你背我。」方雁琳理所當然道。

「可是我願意呀！只要你開口我就背你呀！你怎不開口⋯」周聖之有些委屈的說道。

看著周聖之提出的這些小抗議，方雁琳明白了周聖之想要表達的意思，她輕輕地嘆了口氣後說道：「我不是不相信你，我也不是不想依靠你，而是我自己獨立習慣了。」

「為什麼？」周聖之的回問讓方雁琳陷入了深長的回憶。

「因為…我不想要再失去了…」方雁琳緩緩的說著。

「失去？失去什麼？你曾經失去了什麼？」周聖之不停的逼問著，讓方雁琳驚覺自己失言了。

「沒…沒什麼…」試圖掩示著什麼的方雁琳卻怎也瞞不了周聖之的追問。

「說嘛…說嘛…我想知道…」拗不過周聖之的方雁琳開始講述那段他與何晏清的往事。

「我在高中時期曾暗戀過一位學長，我們在社團認識的，為了引起學長的注意，我都會假藉有事去找他，學長人很好，只要我提出的要求他都會答應，有天我謊稱腳受傷了，希望他能騎腳踏車來載我上學，在來的路上，經過十字路口時，學長出了車禍，被車子撞死了…」

方雁琳回想起當初那段悲傷的日子，眼淚噗簌簌的流了下來。

「是我…是我害死學長的…如果我沒要他來接我上學的話，他也不會經過那個十字路口，也不會被撞死了…嗚嗚嗚」

　　周聖之見方雁琳哭的這麼難過，也只能緊擁著她，什麼也不說。

　　「所以⋯我不想再依靠任何人了，我不想要再失去任何人了⋯」

　　聽完方雁琳這麼說，周聖之覺得心疼，抱著方雁琳的手也愈來愈緊。

　　「別怕，人家都說我的命很硬，你可以盡情的依靠我，依賴我沒關係！就算是為了你而死我也願意。」

　　聽到周聖之這麼說，方雁琳更加激動的抬起頭，用力的捶向周聖之的胸膛：「別說什麼死不死的，我不要你去死！」

　　周聖之抱著方雁琳安撫道：「好好好⋯不死⋯不死⋯我不去死。這樣可以了嗎？」

　　聽到周聖之的保證後，方雁琳的情緒漸漸平撫，推開了周聖之後，用袖口擦了擦雙頰的淚。

　　「你這自私的傢伙！你敢給我一個人去死你就給我試看看！」

　　周聖之笑了一下，戲謔道：「我不會一個人去死，要死也要拉你一起去！」

　　方雁琳又捶了一下周聖之：「誰要跟你一起去死！哼！」然後調皮的跑開，周聖之開心的追上前去，一追又過了二年。

第四章　自我誤解

　　隨著時間的流逝，方雁琳經過與周聖之的相處，漸漸的發覺到周聖之的一些優點，覺得他體貼、溫柔、可愛的孩子氣、有自信、認真，但也發現了一些缺點就是太過任性幼稚、有時會有些自大、自私、不在意他人的看法，這使方雁琳與他相處的過程中時常有一些爭吵，不過吃軟不吃硬的方雁琳，總是在周聖之的求和下裝作沒事才不與他計較。

　　二年之後到了周聖之當兵的時日，常在部隊與同梯提到自己女朋友的周聖之，總是眉飛色舞地誇張描述。

　　「我家的雁琳是個沒有我就不行的人，只要我說東她就不敢說西。是不是很乖順呀！」周聖之一副大男人的口氣說著，引來同梯好友的羨慕。

　　「真好，我女友一天到晚都在跟我抱怨我哪裡做不好，像上次他月經來叫我去幫她買衛生棉，幹！我怎可能會去幫她買，買那個超丟人的耶！所以我就說我不要，結果你知道嗎？她拿檯燈砸我耶！有沒有很恰。」睡在周聖之下舖的董原操著台語夾雜國語的聲調說著。

　　另一個睡在隔壁床的莊進雄也在一旁附和：「你那個也還好，我女友比你女友更恰，他說東我就不能說西，一天到晚就只會威脅我，像個公主似的，要我幫他幹嘛幹嘛，我根本就像是個僕人一樣。」

　　周聖之聽見他們的抱怨，愈覺得方雁琳真是個好女孩，不但溫柔、乖順、體貼、替人著想，還會主動做家事、做飯，如果跟他同居的話肯定像個大爺一樣。對了，等等晚上通電話的時候來跟雁琳提同居的事情好了。

　　正當周聖之打著這如意算盤的時候，長官來寢室叫大家三分鐘內著裝集合，周聖之伙同各同仁一起快速著裝前往操場集合。

　　經過一天的操練，大家已是疲備不堪，但想到接下來晚上二個小時的休息洗澡時間就覺得開心，因為大家可以趁著這個時候打電話給自己思念的人，當然周聖之、董原、莊進雄也不例外，雖然抱怨自己的女友有多差，畢竟還是心中最愛、最暖的依靠所在。

　　周聖之打電話給方雁琳想要說退伍後的同居計畫，卻換來不斷的嘟嘟聲。

　　「奇怪，明明就跟她說這時候是我的休息時間，要她記得接我的電話，怎麼沒人接？」正當周聖之覺得奇怪的時候，電話轉入了語音系統，不信邪的周聖之接下來一直狂打電話，但方雁琳始終沒有接聽，這讓周聖之的脾氣由焦躁漸漸昇華成氣惱。

　　「可惡的方雁琳，都不接我電話，他媽的…明天你就完蛋了。」周聖之操著粗話，一臉不爽的慢慢走回寢室，寢室的同伙看見周聖之一臉兇神惡煞的模樣，沒人敢去搭話，隨著就寢時間，周聖之在昏暗的燈光和耗盡精神的疲備身體催化下，懷抱著氣惱的心情，緩緩的進入夢鄉。

　　此時的方雁琳，因為突然被主管留了下來加班趕件，而忙到晚上十點才下班。

　　「呼…累死了…怎麼可以這麼忙…肚子好餓…來，去吃點東西好了…」方雁琳一邊說一邊拿起手機，看見有未接來電134通，都是周聖之打來的電話，方雁琳看著螢幕大聲驚呼：「啊！！

死定了…我沒接到聖之的來電…天啊…我又要被他唸死了…怎麼辦…現在已是就寢時間了…只好明天再和他解釋好了。」方雁琳拖著沉重的肩膀一步一步慢慢地走進便利商店，簡單買了些吃食，就坐在便利商店的座位吃了起來。

「唉…先打封簡訊跟他解釋一下吧！這樣他明晚就應該會看到了。氣應該也會消一些了吧…」

方雁琳一手拿著吃食，一手點按著手機的鍵盤。

「對…不…起…加…班…中…沒…接…到…電…話…當…兵…加…油…愛…你…的…雁…琳…」然後點選送出。

心想著這樣的話，聖之看到應該就會氣消了，但到了隔天晚上的休息時間，周聖之還沒來的及看到簡訊時，就先打電話給方雁琳，經過短暫的嘟嘟聲後，電話被接了起來。

「喂…」

「你昨天為什麼沒接電話？」周聖之劈頭就是不爽的質問方雁琳。

方雁琳瞬間覺得錯愕，想說不是已經有簡訊告知他在加班了嗎？也道歉了不是嗎？那現在為什麼還這麼生氣？方雁琳

59

按耐住性子，緩緩的回應道：「我昨天加班到十點，想說你已經就寢了就沒回電給你，但我有傳簡訊跟你說，難道你沒收到？」

「簡訊？我不知道什麼簡訊，我只知道你沒接我電話，你是不是根本沒加班，去跟別的男人約會了？」

聽到周聖之的胡亂猜測，方雁琳的白眼都要翻到後腦勺去了。

「拜託，這位先生，我工作忙都忙死了我要跟誰去約會？」

周聖之憤恨的心情慢慢的轉為嘲諷說道：「誰知道你是不是假藉工作的名義去跟別的男人約會？」

聽到周聖之的話，方雁琳瞬間火大回道：「周聖之，我是不是這樣的人你自己心裡知道，別再說那些莫須有的話，如果你是打來吵架的，抱歉我不奉陪，我今天還要加班，忙的很，再見。」說完就掛了電話。

待方雁琳掛掉電話後，周聖之看著手機螢幕發現有一條未讀的簡訊通知，點開來看才發現方雁琳說的話句句屬實。知道

自己闖下大禍的周聖之，不但沒有悔意，還想著等方雁琳氣消後自然就會來找他。

哼…我才沒有錯呢，是她先不接我的電話，錯的人是她！

周聖之像個小孩子似的跟方雁琳睹氣，兩人也不互通電話，彼此冷戰直到周聖之放假那天，看著每個人都雙雙對對的有親人、有愛人、有朋友來溫馨接送情景，只唯獨自己是一個人，這讓周聖之不爽到了極點，叫了計程車，直奔方雁琳的住處。

方雁琳在家打扮著正要和朋友出門時，門鈴正好響起，正想說是不是朋友的車已經到了，拿起背包正要出門時，門鎖被打開了，迎面而來的就是怒氣沖沖的周聖之，方雁琳面對周聖之突如其來的出現嚇的不禁往後倒退。

「你…你幹嘛？」

「為什麼你今天沒來接我？」周聖之問道

方雁琳知道周聖之在氣什麼之後，緩緩的說道：「我為什麼要去接你？你不是說要我跟別的男人去約會？」

看著方雁琳打扮的整齊漂亮的模樣，周聖之更加惱火，真以為他要去跟別的男人約會，伸出手緊抓著方雁琳不放。

「痛…」

「我不准你跟別的男人去約會！你是我的！」周聖之怒氣沖沖的向方雁琳宣示主權。

方雁琳試圖甩開周聖之的手，但仍敵不過他的力氣。

「你…你放開我，誰說我要去跟別的男人去約會了？你放手！！」

好不容易甩開周聖之的手，方雁琳瞪著周聖之說道。

「你到底想幹嘛！耍小孩子脾氣也要有個限度！我知道你今天放假，我故意不去接你，怎樣？難道你就沒有想過為什麼嗎？」

其實周聖之心裡都明白，是自己的錯，但就是拉不下臉和方雁琳道歉，只能默默的在一旁站著。這時方雁琳的手機響起來，是李安蓁打電話來說車子已經到了，要她出來。方雁琳掛掉電話後，氣憤的瞪著周聖之。

「出去！我要和蓁蓁她們出門了，走開。」

周聖之像個鬧脾氣的孩子，站在原定不讓，這讓方雁琳愈加火大，口氣也愈加嚴厲。

　　「你再不出去，我就跟你分手！」方雁琳的這番話動搖了周聖之，周聖之雖有不甘，但仍慢慢的走了出去，看著周聖之離開後，方雁琳嘆了口氣。

　　「唉…真的是水逆啊！！」說完後收拾東西，就出門與李安蓁會合，一面心裡想著該如何解決周聖之這個大難題。

　　與李安蓁一行人的遊玩結束後，回到家的方雁琳看見周聖之蹲在她家門口一動也不動，雖然心裡已有預想可能的狀況，但實際看到仍讓她不自覺得心軟，怒氣也消了一大半，方雁琳走近周聖之，踢了他一腳後開了門。

　　「進去，有話跟你說。」方雁琳說完後就先行進入家門，周聖之也不發一語的隨後跟上。

　　「坐下。」方雁琳放下背包指示著周聖之坐下，自己也跟著坐在對面。

　　看著始終不講話的周聖之，方雁琳開口說道。

　　「你到底想怎樣？」方雁琳問道。

「…我不想怎樣，我只是希望你能夠多愛我一點。」周聖之放低聲量委屈說道。

「我有說過我不愛你嗎？」

「沒有…」

「我有去跟別的男人搞曖昧嗎？」

「…沒有」

「我有跟你提過分手嗎？」

「…沒有。」

面對方雁琳一連串的問題，周聖之根據事實也只能一直回答「沒有」，見周聖之一直「沒有」的回答，方雁琳又繼續問道。

「我對你付出的你都沒有看到嗎？我凡事都會跟你報備，我也盡量拒絕男人較多的場合聚會，你每次當兵放假我都去接你，你想要什麼我都盡量幫你達成，難道這些付出還不夠嗎？有誰會對不愛的人付出這麼多？」

面對方雁琳的質問，周聖之一時語塞，但同時也讓周聖之漸漸明白方雁琳其實是愛他、在乎他的，只是他自己都沒有發覺而已，還把這一切當成理所當然。

周聖之默默的低下頭，方雁琳也不說話，兩人陷入了一陣沉默，方雁琳開始回想為什麼自己能夠忍受周聖之這麼久？換做是一般人應該早就吵架分手了，一方面可能是自己對於感情的掘脾氣，總覺得只要靠溝通就能彼此相互了解，一方面就是面對周聖之的溫柔、體貼、做事認真負責，全身散發自信的光芒吸引著她，讓她始終放不下。想著過去種種的美好，方雁琳始終還是狠不下心離開這個男人，兩人沉默了將近 5 分鐘，方雁琳終於受不了開口說話。

「好啦，不想再跟你吵這些有的沒的，我的肚子餓了，你快去煮東西給我吃。」

見方雁琳不想與他計較，周聖之開始笑顏逐開，說了聲「遵命」後，就馬上到廚房下廚。

　　餐桌上又回復到以往和樂的笑聲及談話聲，這也讓方雁琳漸漸的淡忘了自己為何生氣的這件事，然後同樣類似的事情就這樣一直反反覆覆不斷發生，一直延續到三年後。

第五章　自私的男人

在去年答應了周聖之同居請求的方雁琳突然想起一只包包，是交往滿四週年且同居滿一年時周聖之送給她的，是她在百貨公司的櫥窗外看了許久，遲遲不敢下手買下的名牌包包，美麗的湖水藍外皮與實用性兼具的口袋設計，讓方雁琳相當愛不釋手，儘管過了這麼多年，仍還是捨不得拿出來用，難得今天是與周聖之交往的五週年紀念日，方雁琳正想把包包拿出來背的時候，卻找不到。

「咦…奇怪了…我明明把它收進這個櫃子裡的…怎麼不見了…」

方雁琳翻遍了房間每個角落都找不到包包，走出客廳，看著已整裝完成的周聖之隨口詢問了一下。

「聖之，你之前送我的那款湖水藍的包包去哪了，你有看到嗎？」

周聖之回想一下，然後輕描淡寫的說道：「喔，那款包我在去年母親節的時候送給我媽了。」

「你說什麼！？」方雁琳不敢置信的大聲叫道。

「你怎麼可以送給你媽，那是你送我的耶！」

周聖之轉著電視說道：「我就看你沒在背它，想說是不是你不喜歡，所以就拿去送給我媽了，我媽還很開心呢！」

周聖之得意的笑著的同時，方雁琳拿起沙發的枕頭直往周聖之的方向丟去。

「我是捨不得背它好嗎！你怎麼可以沒有經過我的同意就把它送出去？」

聽著方雁琳大呼小叫的周聖之漸漸失去耐性，衝著方雁琳大吼：「你鬧夠了沒，送出去就是送出去了，你如果想要的話我再買一個送你不就好了嗎？有沒有必要這麼大驚小怪嗎？」

聽到周聖之這樣說，方雁琳開始火大，頭也不回的回房間整理行李，周聖之看著方雁琳拖著行李箱出門，大聲的質問。

「你要去哪裡？」

方雁琳冷聲回道：「我去哪裡不關你的事，你這個自私的男人！」說完便甩門出去了。

周聖之不想理會方雁琳的離開，總覺得她是在無理取鬧，繼續看電視，過沒多久電話聲響起來，以為是方雁琳打來，便順手接了起來。

「喂！你現在是決定要回來和我道歉了嗎？」周聖之得意的語氣嘲諷著。

「呃…先生，不好意思，我這邊是 TR 餐廳，想請問一下先生今晚確定會來用餐嗎？我們座位只保留十分鐘…」

聽到是餐廳打來的電話，周聖之瞬間覺得腦羞成怒，口氣不好的回應道：「不去不去，我們取消！滾！」說完後就掛掉電話，將手機丟至一旁沙發。

「這個臭女人，不想回來就永遠都不要回來好了！」周聖之不爽的說著，但內心卻期待著方雁琳回頭向他求饒和好。

到了隔天早上，周聖之還是沒見方雁琳回來，心裡更加生氣，回想著方雁琳離去前留下的一句話：「你這個自私的男人！」

我自私？她才自私吧！把我一個人丟下，然後自顧自的自己離開，有在顧慮我的感受嗎？方雁琳你才是個自私鬼！

周聖之不想理會方雁琳的離開，拿起放在一旁的公事包準備出門上班去。

「所以你們之前就是為了這事吵架？」Sunny 默默的點起煙邊抽邊說著。

「我覺得是小事，但現在演變成大事了…」周聖之懊悔地說著的同時，Sunny 站起身來，巴了周聖之的頭。

「你這個笨蛋！」

周聖之撫著被巴的頭，驚訝的看著 Sunny。

「包包是女人僅次於頭髮的第三生命，你把他最愛的包，而且又是你送給他具有紀念性的包拿去送別的女生，你是白痴嗎？」Sunny 劈頭痛罵了周聖之一頓，後又坐回床上。

「你果然是個自私又笨得無藥可救的男人…」

「……」

Sunny 抽完煙後捻熄在煙灰缸裡，邊穿衣服邊說：「我說了這麼多你還不去追他，你到底愛不愛他？」

「愛！我愛他，但…我不知道該怎麼做才好…就算追上去了…然後呢？」周聖之一臉欲哭的模樣，看在 Sunny 眼裡，真是蠢得可愛，忍不住想要幫幫他。

「好吧！算我雞婆，我告訴你，你如果真的愛她，你就先改掉你自私的習慣。」

周聖之抬頭看著 Sunny 疑惑的問：「我該怎改？」

Sunny 歪著頭想了一下說道：「多為她著想吧，站在對方的立場，為對方著想，而不是站在自己的立場，為對方著想。」

周聖之聽完 Sunny 說的話，仍是一臉懵懂，讓 Sunny 不禁搖搖頭嘆了口氣。

「唉…你是真傻還是假傻？蠢也要蠢到一個地步吧！簡單的來說就是不要總覺得自己是對的，做什麼都是對的！」

周聖之像是聽懂了一樣，點了點頭然後問：「那我該怎麼做才好？」

Sunny 撫著痛到無法言喻的頭，崩潰大叫的同時，再用力的巴了周聖之的頭。

「打電話！你現在馬上打電話給她！立刻！打到她接為止！」

看到幾近崩潰的 Sunny，周聖之立即拿起手機撥了電話給方雁琳，想當然爾電話一直無人接聽，就這樣打了近一個小時，

Sunny 眼看此事今天肯定無法解決了，於是便拿起一張紙，抄寫了自己的電話給周聖之：「來，這電話給你，有事就打給我！僅限於處理你和你女朋友的事情，畢竟這事我也得負點責任，其它的問題別找我。」

周聖之接下紙條後點了點頭，Sunny 拿起包包隨即離開周聖之的家。

隔天，周聖之仍繼續撥打著電話給方雁琳，但卻一直轉到語音信箱，

「快接呀…方雁琳…」結果最後電話一頭幽幽的傳來『您撥的電話現在關機中，請稍候再撥，謝謝。』

「該死…竟然關機了…」周聖之一邊咒罵一邊不知所措的，不知道該如何是好的同時，他想起了 Sunny，便打電話過去。

「喂…您好…」Sunny 禮貌又客氣的應答，讓周聖之驚覺自己是不是撥錯電話，核對了一下，確實無誤，便怯弱弱的開口。

「是我…周聖之…昨天跟你約的那個男人…」

Sunny 聽著聲音，突然恍然大悟了一下，口氣開始變得有些不客氣。

「怎樣，電話通了嗎？」

「沒通…她關機了…我想她應該是不想再見到我了…」周聖之悲觀的說著。

「的確，一般正常人看到自己的男朋友跟別的女人上床，誰都會想要分手，更何況是像你這樣自私的男人。」

「……」聽著 Sunny 這麼說，周聖之完全無力反駁，只能垂頭喪氣的像隻敗家犬一樣任由著 Sunny 冷言嘲諷。

「算了，反正你女朋友現在也只是一時氣惱，只好等她冷靜再說了…」

「…嗯…好吧…」

「但是！！」Sunny 突然大聲的下了但書，讓周聖之不自覺的蹦緊神經。

「你必須得改變你的個性！」Sunny 大膽提出了改變計畫，讓周聖之有些疑惑，待周聖之欲提出問題時，Sunny 緊接著說：

「首先你要把你自私的個性先改掉！然後放下身段去乞求她的原諒。」

聽到 Sunny 這麼說，周聖之的大男人主義完全不允許自己放低身段而任由人去踩踏，正有些氣惱的時候，Sunny 似乎感應到他的心情又繼續接著說：「我知道你一定做不到，所以我們來特訓吧！」

「特訓？」周聖之覺得這小妮子到底在說什麼胡話，這種東西也要特訓？

「對，特訓！方法我還沒想到，等我想到以後再跟你說，先這樣，掰掰！」Sunny 說完後就掛掉電話，留下在電話一頭滿頭問號的周聖之。

「特訓？是要做什麼特訓？唉，算了算了，反正到時候再說吧！既然電話找不到雁琳，那我去找她好了，可是…我要去哪找她？她會去哪裡？我都不知道呀…打電話給他朋友？可是…我連她的朋友是誰我都不曉得…」為了找方雁琳想破頭的周聖之才真正的了解，原來交往的這五年來他根本就沒有真正的去了解方雁琳。

　　周聖之無力地攤在椅子上，仰天長嘆「雁琳…你到底在哪裡…」

　　自從方雁琳目擊到周聖之出軌的那幕，離開了公寓後就借住在李安蓁的住處。

　　「那個渣男，真是個不要臉的東西，還有臉打電話給你。」李安蓁聽完方雁琳的哭訴後，拿起方雁琳放在一旁震動的手機，看到來電顯示是周聖之就馬上切斷關機，方雁琳看到後連忙想要從李安蓁的手上奪回手機，但卻被擋了下來。

　　「你想要幹嘛…」

　　「我…我…只是怕有重要電話…關機好像不太妥…」方雁琳結結巴巴的編了個理由想拿回手機，卻被李安蓁識破，「少來，你是不是怕不接周聖之的電話會被他罵到狗血淋頭？」

　　被李安蓁一語道破的方雁琳，話都不敢說的低著頭。

　　李安蓁嘆了口氣，繼續說道「妳喔，就是太好說話了，心太軟，難怪一直被周聖之騎在頭上，只會逞一時威風，然後又馬上心軟的原諒人家。」

方雁琳抱著膝蓋，嘟噥著：「那不然怎麼辦嘛…」

李安蓁壞笑的說：「這幾天你的手機歸我保管，我幫你過濾來電，你先搞消失一陣子，等周聖之主動來找你求饒。」

方雁琳嗤笑了一下：「他才不會主動來找我求饒哩！他這麼的自私、愛面子又大男人主義的人，怎麼可能會做這種事。」

李安蓁拍拍方雁琳的肩膀：「好啦！好啦！別想這麼多，總之搞消失就對了，如果他真的愛你、在乎你，就一定會找得到你的。」

方雁琳半信半疑地接受了李安蓁的提議，將手機交由李安蓁保管，為了怕上班的時候被周聖之堵到，李安蓁還讓方雁琳動用她辛苦存來的特休假期，鼓勵她出國去玩，好好的讓自己的心情放鬆。

方雁琳想想，這也是個不錯的方法，畢竟自己都一直忙於工作，很久沒出國去玩了，不如趁此機會好好的讓自己休息一下，於是便和李安蓁一起籌畫出國遊玩的事情。

第六章　放手與挽回

　　下了班後的周聖之走出公司，突然被一名身穿正裝制服的女子叫住，周聖之定睛一瞧，女子打扮的相當樸素不起眼，但說話的聲音鏗鏘有力，像是有主管威嚴之感，看著女子身上的名牌寫著『林品晨』，周聖之對這名字不認識，於是周聖之禮貌性的回問：「請問林小姐有什麼事情嗎?」

　　「是我，Sunny。」林品晨的回應，讓周聖之大為驚訝，沒想到當時在夜店遇見的火辣女子竟是眼前低調樸素到不行的眼鏡妹，在周聖之還止不住驚訝的時候林品晨繼續說著：「我想到特訓的內容了，你跟我來，我們先去吃飯。」林品晨拉著周聖之走的同時，周聖之心中除了驚訝外還充滿了許多的疑惑。

　　「欸，你怎知道我的公司在這？還有你怎會穿成這樣？我們現在要去哪裡？」

　　林品晨沒好氣的比了個噓的手勢：「你閉嘴，你問題太多了，先走再說。」

　　就這樣在兩人拉拉扯扯之下，來到了一間餐酒館，林品晨脫去名牌，拿下眼鏡，拉開制服下擺，解開胸前二顆釦子，豐滿的雙峰呼之欲出，放下綁好的包頭，甩了二下頭髮，林品晨

瞬間變成 Sunny 性感大方的模樣，周聖之看著眼前俗女變美女的變身過程，驚訝得合不了嘴，眼巴巴的望著林品晨。

看著周聖之的反應，林品晨覺得相當有趣，調侃的問道：「怎麼？是沒看過美女的嗎？」

周聖之意識到自己看呆的模樣，馬上閉上嘴，擦了擦嘴角的口水：「沒…沒想到你是 Sunny…」

林品晨點了支煙，呼了一口：「我只有上班的時候才會穿的這麼拘束，平常還是像 Sunny 那樣穿比較輕鬆自在。」

「喔…」周聖之像是了解般的點了點頭又問：「那你今天來找我幹嘛？你怎知道我的公司在這？」

林品晨訕笑了一下：「我怎麼知道的並不重要，重要的是我找你是要來幫你的！」

周聖之疑惑道：「幫我？」

看見周聖之一臉呆樣，林品晨一手就將周聖之的頭給巴了下去。

「你不是和你女朋友吵架？不是說要給你特訓？你到底還記不記得？」

　　被巴頭的周聖之，彷彿記憶隨即湧現出來，想起方雁琳悲傷難過的身影，又再度陷入自我懊悔的情緒之中，Sunny 看到他垂頭喪氣的模樣，不由得來了一身氣，又巴了周聖之的頭：「你振作點，又不是沒救了，少在那裝可憐！真正的受害者不是你，而是你女朋友好嗎！！」

　　聽到林品晨這麼說，周聖之的心情又更加低沉，頭上佈滿烏雲，林品晨看了看嘆口氣說：「你到底要不要挽救你的愛情？要不要接受我的特訓？」

　　周聖之抬頭看著林品晨，堅定的眼神充滿了希望：「我要！我要找回我的方雁琳。」

　　看著周聖之誠摯的眼神，林品晨像是被電到了一樣，心中突然一陣小鹿亂撞，不過她馬上靜下心來，依然用嚴厲的口氣向周聖之說道：「好，既然如此，你一切都要聽我的。做得到嗎？」

　　周聖之毫不猶豫地答應了林品晨的要求，林品晨繼續說道：「那我給你兩週的時間，這兩週你要把我假裝是你女朋友。」

　　周聖之皺起眉頭不甘願的回應：「蛤～～」

　　林品晨見到他不甘願的態度，隨即又給他一個巴頭：「蛤什麼蛤，老娘我都這麼委屈了，你還他媽的在那裡囉囉唆唆像個娘們似的，欠揍啊？」

　　被林品晨兇悍的態度壓落底的周聖之，不敢再多言一語，默默的答應林品晨的提案。

　　「好，從現在開始我們就是假男女朋友，你最好皮給我蹦緊一點。」林品晨說完後馬上換了一個溫柔可人的態度對待周聖之。

　　「聖之，來，吃飯。」林品晨溫柔的話語，讓周聖之相當驚訝，沒想到這女人的態度竟然能轉換的這麼快速，果然人家都說女人都是善變的，果然名不噓傳…

　　在用餐的過程當中，與林品晨的溫柔對話，感受到前所未有的溫暖與體貼，讓周聖之不由得放下戒心，與林品晨侃侃而談。

　　「你都怎和你女朋友相處的啊？」

　　面對林品晨突如其來的問題，周聖之想了一下：「通常是我要她做什麼她都會幫忙做，雁琳是個很乖巧柔順的女孩，雖

然有時候會鬧一下小女孩脾氣，但一下子就好了，像上次我把家裡弄的亂亂的，她一回家看到後很生氣的罵了我，然後又自己默默的收拾乾淨，我想吃什麼都也都會弄給我吃…」

當周聖之還未說完，林品晨愈聽愈生氣，臉上的青筋愈冒愈多，最後忍不住隨即站起身又給他一個用力的巴頭。

感覺被巴的莫明其妙的周聖之，撫著頭正想反抗的時候，看見林品晨鬼面剎的惡臉，馬上就知道自己八成又做錯什麼事情了。

「你這個人…你家雁琳還能跟你這麼久，也真是辛苦她了，你真是上輩子燒了好香才能追到雁琳。」

「嘿嘿嘿…我也沒這麼厲害啦…」以為自己是被誇獎的周聖之，冷不防的又被林品晨巴了一下頭。

「我沒在誇獎你好嗎！我是在心疼你們家的雁琳，這樣被你糟蹋！」

周聖之有些不服，反嘴說道：「我才沒有糟蹋她，我超級愛惜她的好嗎！只要她想要什麼我都會買給她，她想吃什麼我也會陪她一起吃…」

「你那不叫愛惜，是補償吧！」林品晨一語道破周聖之內心最在意的事情。

每當周聖之與方雁琳吵架的時候，總是拉不下臉向對方道歉，只能在氣消的時候一邊懊悔著當初尖酸刻薄，一時想吵贏的心情，一邊想著該買些什麼補償她，讓方雁琳消氣。

見周聖之語塞的不發一語，林品晨說道：「被我說中了吧！你這自私的傢伙。」

「…那不然要怎樣。」周聖之有些不服氣的向林品晨問道。

林品晨坐下來，拿起未抽完的煙，抽了一口後緩緩吐出：「道歉，不管怎樣先道歉再說。」

周聖之一聽到，隨即變了臉色：「為什麼我要道歉，我又沒做錯什麼…」

林品晨狠瞪向周聖之：「你沒做錯什麼？你確定你沒做錯事？」

面對林品晨的質問，周聖之一時噤語。其實周聖之自己內心相當清楚自己錯就是錯在逞一時嘴快，為了不讓自己居於下

風，於是口不擇言，傷害了方雁琳的心，但就是拉不下臉向對方道歉。

林品晨接著說道：「我相信你自己也清楚明白自己錯在哪，這我也不再多說了，總之你要向雁琳道歉，懂嗎？」

周聖之點了點頭，像個做錯事的孩子般低著頭無奈地吃著桌上的食物。林品晨捻熄了煙，拍拍周聖之的肩膀。

「好啦，別想那麼多，今天喝一喝，明天繼續特訓。」

周聖之一邊喝著酒，一邊想著該如何與方雁琳道歉，而林品晨則是因周聖之而怦然心動的感到不可思議而煩惱，兩人在酒精的洗滌下，迎接早晨的來臨。

因昨晚喝多了而宿醉的周聖之，在不知不覺的情況下，又把林品晨給帶回來家中，確認兩人的衣服尚在，周聖之放心了不少，慶幸自己沒在酒後又亂性了，周聖之搔了搔頭上的一頂亂髮，走進浴室洗澡的時候，家裡的門被打開了，方雁琳見浴室傳來水聲，攝手攝腳的回來拿要準備出國的東西。

　　「明天要登機的護照我記得放在這裡的…該不會是放在房間吧？」當方雁琳走進房間時，打開櫃子的聲音吵醒了正在睡覺的林品晨。

　　「啊～～」

　　方雁琳嚇了一跳，一聽是個女聲，直覺性反射動作站起身，大聲質問：「你…你是誰？」

　　林品晨打開一旁的燈，看著眼前的女子一邊打哈欠一邊說道：「原來是雁琳呀，你好…我是 Sunny…啊…呼…」

　　方雁琳不可思議的問道：「你…你怎知道我的名字？」

　　「是周聖之說的啊！你真的對她很好耶，他還不知足，真的是很欠揍。」林品晨點起煙，一邊抽一邊說。

　　方雁琳搶過林品晨的煙，馬上捻熄：「這是我們的房間，請你不要抽煙好嗎！」

　　林品晨看著方雁琳哈哈大笑，方雁琳不明白她在笑什麼，一臉疑惑的看著林品晨。

　　「哈哈哈，"我們"的房間…你不是跟他分手了嗎？」

　　方雁琳反駁道：「我…我們才沒分手哩，誰跟你說的？周聖之？」

　　林品晨搖搖頭笑著說「沒…他沒說，是我隨便說的，怎麼，想跟他和好嗎？」

　　聽到林品晨這樣問，方雁琳自己也不曉得是否要和周聖之復合，林品晨接著說：「最近周聖之很後悔呢，他很想跟你和好，但不知道該怎麼開口。」

　　方雁琳聽到林品晨這樣說，心中不免小小的高興了一下，但一想到周聖之做的那些事情，還有他跟林品晨的一夜情，瞬間磨滅掉她的喜悅。

　　「那…那又怎樣，你們不是…那個嗎？我…我是不會原諒他的。」

　　林品晨笑了一下「拜託…我們也只是有過那一次而已，我又不喜歡他…」

　　當林品晨說出了「不喜歡他」的時候，心頭突然浮現一陣酸楚。

　　這是怎麼一回事？難不成我喜歡上那頭蠢豬？不…不可能…他完全不是我的菜呀！

　　方雁琳聽到林品晨這麼說後，稍稍的放下一點心，但再想說些什麼的時候，周聖之剛好洗完澡出來，方雁琳聽到浴室的開門聲，馬上拿起櫃子裡的護照要往門口走的時候，正巧撞上周聖之。

　　「雁…琳…」正當周聖之還來不及反應的時候，方雁琳推開周聖之，奔也似的逃離家裡。

　　「追上去呀，還愣著幹嘛。」林品晨說著。

　　「可是我還沒穿衣服耶…」周聖之看著只圍著一條浴巾的自己。

　　林品晨氣憤地抓起一旁的枕頭丟向周聖之：「叫你去就去，廢話這麼多幹嘛。」

　　周聖之顧不得自己的狀態，跟著追了出去，但卻已看不到方雁琳，周聖之失落的走回家，林品晨看著周聖之一個人回來，就知道已錯失良機，內心興起了淡淡的喜悅，但又有種說不出

的罪惡感，林品晨拋開內心紛亂的想法，緩緩的點起一支煙，吸了一口。

「放心，你還是有希望的。」

聽到林品晨這麼說的周聖之，見獵心喜的趕緊趨上前：「怎麼說？怎麼說？難道是雁琳說了什麼嗎？」

林品晨看著周聖之的笑臉，心頭又是一顫，臉上隨即泛上一些紅潮，為了掩飾自己的害羞，林品晨推開周聖之說道：「我剛有幫你套了一點話，雁琳他說他沒要跟你分手，既然這樣就表示你還是有希望的。」

林品晨說完後，周聖之高興地在一旁手足舞蹈，看得林品晨覺得可愛又有趣，內心開始有些動搖，她發現自己好像喜歡上周聖之了，但她同時也知道周聖之並不會喜歡他；於是她默默在心中下了一個決定，"不管怎樣都要幫周聖之追回雁琳"。

特訓計畫已過了二個禮拜，在經由林品晨的調教之下，周聖之也慢慢的進步了許多，在林品晨『愛』的教育下，周聖之的脾氣愈來愈小，變得有耐心地聽人說完話，也會接納別人的

意見，只不過以自我為中心的想法仍是改不掉，這讓林品晨相當的頭疼。

「喂，你這木頭腦袋可不可以轉一下啊？」林品晨不爽的巴著周聖之的頭一邊氣憤的說。

被巴得莫明其妙的周聖之看著林品晨，一時脾氣上來正想要對罵時，想起了特訓時的敦敦教誨，於是深吸了口氣慢慢說道：「我的木頭腦袋是怎麼惹到大小姐您了？還請大小姐明示。」

林品晨抽了口煙說：「你這種以我為中心的想法能不能改一下呀？多為他人著想很難嗎？」

聽到林品晨這麼說，周聖之有些不服氣：「我有呀，你看看，幫你買飲料時我多買一杯給你，吃東西時我幫你點餐，我也買東西送你呀，你抱怨的時候我不是也在聽嗎？這樣還不夠喔？」

林品晨翻了一下白眼：「這些"好意"我都覺得很好，但並不適合我啊？你在行動之前為何不尊重我一下，先問問我需不需要，或是想要幹嘛。」

　　周聖之不太能理解林品晨的意思，歪著頭用疑惑的眼神直盯著林品晨，心想：我做這些都是為了妳好耶～我想要的我覺得你應該也會想要呀，想與你分享，這樣不行嗎？有必要再多問嗎？

　　林品晨放下手上的煙說道：「我知道你在想什麼，你是不是在想這一切都是"為我好"所以才這麼做的？我告訴你，這就是以自我為中心的想法，沒有什麼事情是"為我好"的，只有自己才會了解什麼事情對自己是好的。」

　　聽到林品晨這麼說，周聖之似乎能有些理解，但他還是覺得哪裡不太對勁，正想再與林品晨辯解的時候，林品晨放棄似的表現出拒絕溝通的樣子。

　　「唉，算了算了，不懂就算了，反正我們也不是真正的情侶，隨你隨你，你去找你的方雁琳好了。」

　　聽到林品晨這麼說，周聖之再也按捺不住火氣，口氣不好的回嗆道：「對，我這木頭腦袋就是聽不懂 Sunny 大師的開解，反正我們也不是真正的情侶，特訓就到此為止，呿！臭婊子。」

聽到周聖之罵她"臭婊子"，林品晨整個火都上來，衝上前去抓起周聖之的衣領：「你說誰是臭婊子？再給我說一次看看。」

周聖之不屑的笑道：「就是妳呀，臭婊子，任人插的臭婊子…」

當周聖之話未說完，林品晨隨即就賞他一巴掌，周聖之撫著被打的臉頰，看到眼前氣到滿淚盈框的林品晨，就知道自己一氣之下又說出了傷人的話，有些歉疚的沉默不語。

「你就是這樣，說話不經大腦，一生氣就會說出傷人的話，你說話做事難道就不能多為他人想一點嗎？我怎麼會喜歡上你這個蠢蛋…」

林品晨的眼框隨著突如其來的大告白流下，震懾了周聖之的心，周聖之不可思議的看著眼前揪著他，默默流淚的林品晨，因啜泣而抖動的肩膀令人感到憐愛，正當周聖之伸手要過去抱她的同時，伸出去的手馬上被林品晨打落。

「不要碰我！」

說完後推開周聖之，拿起包包就馬上衝出店門，周聖之急忙付了錢後也追了上去，兩人約莫跑了三分鐘，林品晨慢慢的

停了下來，周聖之也隨後追上，正當周聖之要走近林品晨的時候，林品晨大喊：「不要過來！」

周聖之停下腳步，欲要再說什麼的時候，林品晨用手擦了擦眼淚。

「我知道你不會喜歡我，因為你追逐的是方雁琳的身影，但在與你相處的這段時間，我真覺得或許哪日你可能會喜歡上我，但同時我內心也告訴自己不能趁虛而入、橫刀奪愛，所以我才決定幫你追回方雁琳…」

周聖之聽完林品晨的告白後，嘆了口氣緩緩的說道：「對不起…我剛剛說話不經大腦，說出了傷人的話，但…我真的不能接受你…因為…我愛的是雁琳…」

林品晨轉過身，臉上扭曲的五官說明了她內心的苦澀：「我知道…你愛的是雁琳，人家說不被愛的人才是小三，我這小三也該退場了…」

周聖之不知道該如何回應，只能一直說：「對不起」，惹得林品晨破涕為笑。

「呵…你終於會道歉，看來特訓也是滿有用處的…」

周聖之看著林品晨的笑，臉上也浮現一抹苦笑：「是啊…謝謝 Sunny 大師的教導…」

林品晨從包包裡拿出了一張機票，交到周聖之的手裡，周聖之疑惑的看著林品晨：「這是？」

「我替你去打聽過了，現在方雁琳人在福岡渡假，快去找她吧！」

周聖之開心的一把抱住林品晨，林品晨看著周聖之開心的樣子，內心的酸楚更是令人無法言喻，林品晨推開周聖之，強顏歡笑的說著。

「好啦，你快去準備明天的飛機吧！」

周聖之拿著機票向林品晨道謝後就轉身離去，林品晨看著周聖之的背影，心中滿是失戀的苦澀。

「永別了，周聖之。」林品晨說完後便轉身離去，孤單的身影逐漸掩沒在巷道人潮之中。

自私的男人
SELFISH MAN

第七章　命運的再相逢

　　周聖之拿到機票後，思考著唯一知道方雁琳去向的人，也就是李安蓁，於是周聖之打電話到李安蓁的手機，殊不知竟然轉到語音信箱。

　　「真是的…在這緊要關頭竟然關機…」

　　著急的周聖之顧不了這麼多，決定先搭機去日本福岡再說，於是先行回家整理行李，到了隔天搭乘班機，歷經二個多小時的航程，周聖之抵達了福岡。

　　「天呀…福岡也太熱了吧…雁琳到底在哪裡呢…」

　　正當周聖之還在傷腦筋的同時，周聖之在人潮之中好像疑似看見了方雁琳的身影，隨即追上前去，但由於人潮眾多，周聖之跟丟了那疑似方雁琳的人。

　　周聖之隨著人潮來到了太宰府天滿宮，為了能夠順利找到方雁琳，周聖之入境隨俗，投了零錢向神明祈求，不知是不是神明聽到了周聖之誠心的祈願，周聖之突然聽到疑似李安蓁大嗓門的聲音，往聲音的源頭一看，結果看見李安蓁和方雁琳正穿著和服，手牽手的在抽籤，周聖之不顧一切，撥開人群來到了兩人的面前。

「嗨…雁琳…我終於找到你了。」

面對突然來到的方雁琳，不可思議地看著眼前這狼狽的男人，驚訝的叫道：「你…你怎麼會在這裡？」

周聖之牽起方雁琳的手緩緩說道：「我怎麼會在這裡不重要，重要的是我終於找到你了…」

正當周聖之還想要說什麼的同時，李安蓁擋在兩人的面前向周聖之說道：「喂，少來這套，你以為用溫情喊話就能喚回方雁琳對你的真心嗎？你好好的想想你到底做了什麼事，渣男！」

聽到李安蓁這麼說，周聖之回想起當時方雁琳負氣離去的情景，心中充滿了懊悔：「我知道我傷害了你…但那天我喝得太醉了…我…我不是故意的…」

方雁琳氣憤地回應道：「喝醉就可以找人上床嗎？蓁蓁我們走！」

方雁琳拉著李安蓁走的同時，周聖之默默的跟在後頭，方雁琳不耐煩的回頭向周聖之叫道：「你不要一直跟著我們，我是不會原諒你的。」

　　周聖之低頭不語仍繼續跟在方雁琳和李安蓁的後頭，他們去哪個景點他就跟到哪，一路上只說著：「對不起」然後默默的跟在後頭。

　　容易心軟的方雁琳總覺得周聖之好可憐，動起了側隱之心，卻被李安蓁拉回了理智。

　　「你不要這麼輕易的原諒他，就是你之前太過輕易的原諒他，所以他才會得寸進尺把你吃的死死的，趁此機會你要扳回地位，讓他乖乖地聽你的話，這樣以後你才會有好日子可以過，你知道嗎。」

　　聽到李安蓁這樣說，方雁琳覺得也滿有道理的，於是兩人便自顧自的玩，完全不理會周聖之。就這樣一路跟回了方雁琳他們下塌的飯店。

　　「喂，你跟夠了吧，我們要回房休息了，你可以走了吧！」

　　周聖之看著他們走進房間後，也回到櫃檯訂了一間房，打算晚上的時候與方雁琳好好的溝通一下。

　　到了晚上，周聖之來到方雁琳的房門敲了兩下說道：「是我，聖之，可以開門嗎？」，過沒多久，來開門的是李安蓁，周聖之緩緩說道。

　　「可以讓我進去嗎？我想跟雁琳好好談談。」

　　「有什麼好談的，你做出了那種事情還想幹嘛。」

　　「我知道我錯了，對不起…但我也有在改了，請給我一次機會好嗎？」

　　在房內聽到周聖之苦苦哀求道歉的方雁琳，內心愈來愈不堅定，心軟得要李安蓁放行讓周聖之進房。

　　進房後的周聖之，正襟危坐的坐在椅子上，低頭不語，方雁琳心想：不是說要跟我談嗎？現在進房了卻不說話是怎樣？

　　正當方雁琳要開口時，忍受不住靜默的李安蓁劈頭就是一句：「你不是說要談嗎？進來了又不講話，是啞巴喔？」

　　這時周聖之開口問道：「可以請你先出去嗎？我想單獨和雁琳聊聊。」

　　「你…」正當李安蓁欲開口時，被方雁琳給阻止了，並示意她去外面等一下。

　　李安蓁沒好氣的拿了房卡鑰匙出門，然後說道：「你如果敢對雁琳做什麼我就要你好看！雁琳，我就在外面，有事叫我！」

　　面對李安蓁的貼心，方雁琳對她笑了笑，目送她離開，接著用嚴厲的眼神看向周聖之。

　　「來吧，說吧！你想說什麼。」方雁琳問道。

　　周聖之緩緩開口：「雁琳，我對不起你，我跟 Sunny 真的沒有什麼，我們只有過那一次而已，接下來也只是普通的見面喝酒，我們沒幹嘛，真的。」

　　方雁琳一臉不相信的看著周聖之：「最好是，那上次我回去拿護照的時候，看到的又是怎一回事？」

　　周聖之大聲喊冤：「這是誤會，我們只是喝了酒後躺在床上睡覺而已，衣服都還穿著，我們真的沒幹嘛！」

　　方雁琳又問：「那你幹嘛去洗澡？」

　　「因為晚上喝了酒後就睡著了，渾身酒味和煙味所以就去洗澡了。」

　　方雁琳狐疑的瞇細著眼看著周聖之問道：「真的嗎？」

周聖之舉起手對天發誓：「真的，我發誓自從那一晚後我再也沒跟 Sunny 有任何的親蜜行為，若有的話我天打雷劈，不得好…」

正當周聖之話未說完，就被方雁琳摀個正著。

「好了，別說死不死的，不吉利。」

周聖之握起方雁琳摀住他嘴的手：「那…你是要原諒我了嗎？」

方雁琳抽回手站起身來看向窗外的夜景說道：「不…我還沒想要原諒你，因為我不知道該如何再次相信你。」

周聖之也起身說道：「請再給我一次機會，讓我用這幾天的行動表示，好嗎？」

方雁琳轉身看著周聖之誠摯的眼神，心漸漸的溶化，緩緩地點頭答應的同時，李安蓁開門闖了進來：「你…你就這樣讓他跟我們一起去玩嗎？」李安蓁有些生氣的說道。

方雁琳先是有些驚訝，但迅速理解後搖頭說道：「我沒答應要他和我們一起同行，我們還是一樣玩我們的，周聖之說他

要用行動表示，就他自己去用行動表示，這跟我們的行程沒相干。」

李安蓁大概懂了方雁琳的想要表達的是：「意思是…我們玩我們的，他想跟就跟，把他當空氣對吧？」

「沒錯！」方雁琳說道。

「這個有趣，我倒想看看這個空氣要怎用行動表示…」李安蓁打趣道。

周聖之一臉呆愣的看著方雁琳，方雁琳拍拍他的肩示意要他加油。

周聖之雖然有些不服氣但也認了，畢竟有錯在先，方雁琳也給他機會了，他也沒資格再繼續說些什麼。

於是到了第二天，周聖之就像是空氣一樣飄浮在方雁琳和李安蓁的身邊，想要加入兩人的對話卻一直被無視，時間一久，周聖之自討沒趣，只好默默的跟在後頭參與整趟的行程。

到了下午，李安蓁帶著方雁琳要去素有「日本威尼斯」之稱的柳川，搭乘竹竿撐船，就在方雁琳要踏上小船的時候，因

為船身的不穩搖晃而讓方雁琳滑了一下，就在此時周聖之接住方雁琳，扶著他輕輕說道：「你沒事吧？」

方雁琳驚訝的嚇了一跳，不是因為重心不穩滑倒，而是那個周聖之竟然會關心別人，說出這麼溫柔的話語，這讓方雁琳有些感到不習慣，趕緊站穩身子，推開周聖之，拉著李安蓁往船尾的位子走去。

見方雁琳推開他的反應，周聖之有些失落，但仍還是打起精神，繼續著方雁琳遊玩的行程。

就這樣一路玩到晚上，周聖之目送著方雁琳和李安蓁回飯店房間後，自己也回去房間休息了。

回到房間後的李安蓁馬上湊近方雁琳問道：「欸，你覺得今天周聖之的表現怎樣？」

「覺得有些不太習慣，跟平常時候的他差好多。」方雁琳一邊抹著卸妝油一面說道。

「怎麼說？怎麼說？」見李安蓁愈湊愈近，方雁琳也自動往旁邊挪了一些。

　　方雁琳停下手上的動作，想了一下：「嗯⋯如果以他平常的個性來說，如果跟了 2、3 個小時，就會覺得無聊然後就走人了，但今天是一路跟到底，還目送我們回房間，你說是不是很奇怪？還有坐船的時候我不是站不穩差點跌倒嗎？他不是還扶我問我是不是沒事，平常的他才不會這樣說哩！都是先嘲笑我然後再罵我，或是責怪我怎麼這麼不小心之類的。」

　　「喔喔喔～～～這會不會是他的計謀呀？」李安蓁驚訝的大叫道。

　　「應該⋯不會吧，憑他那個豬腦袋，才不會這麼老謀深算呢。」方雁琳否定說道。

　　李安蓁同意的點頭：「也是！」

　　行程來到第四天，周聖之一改以前的懶散被動，變得靈活了起來，雖然方雁琳仍是繼續不和他說話，但他時不時的就會為方雁琳做出一些貼心的舉動，像是口渴時就幫她準備水、吃飯時先幫她拿好筷子、買東西時主動幫忙提重物，讓方雁琳和李安蓁在行程上感到輕鬆不少。

「喂⋯你們家的聖之變的倒是勤勞不少⋯」李安蓁打趣說道。

「⋯他一定一時興起在獻殷勤，時間一久就會原形畢露了。」

不相信周聖之改變這麼快的方雁琳這樣說著，在後頭的周聖之突然一個暈眩便趴倒在地，嚇得方雁琳和李安蓁驚慌失措，方雁琳趕緊扶起周聖之的上半身

「怎麼這麼熱，你是中暑了嗎！」方雁琳趕緊和李安蓁一起將周聖之扶到陰涼的地方，買了些冰涼的水和退熱貼為周聖之祛暑。

「喂⋯你醒醒呀！喂⋯」方雁琳的不捨與焦急全寫在臉上，看的李安蓁不禁在旁安撫著方雁琳的情緒一邊幫忙為周聖之祛暑，過沒多久周聖之醒來了，看到方雁琳因著急而扭曲的臉，勉強撐起微笑說著。

「沒⋯沒事⋯只是天氣太熱了⋯喝點水就好⋯」

「吼⋯你嚇死我了⋯我還以為⋯」方雁琳著急的淚不禁滴了下來，滴到了周聖之的臉上。

周聖之撫著臉上的淚水：「你…是在為我擔心嗎？」

方雁琳沒好氣的打了周聖之一下：「不然哩！一個大男人突然倒臥在地上，誰不會被嚇到！」

周聖之抹去方雁琳的臉頰上的淚水說：「謝謝你為我擔心…」

「笨蛋…你以前從不會跟我說『謝謝』、『對不起』的…」方雁琳握住周聖之的手說道。

「我以後天天都會說的…謝謝你包容這麼糟糕的我…對不起是我讓你受委屈了…」

受不兩人甜蜜溫情喊話的李安蓁，一把就將濕布往周聖之的臉上甩去。

「好了啦，我們都知道你的誠意了啦，沒事的話快起來，旁邊的人都在看，丟臉死了…」

兩人抬頭看到一群圍觀的群眾，害羞的臉上都泛起了潮紅，李安蓁趕緊拉著他們逃離現場，也因周聖之中暑的關係，一行人準備回飯店休息。

回到飯店後，方雁琳將周聖之扶上床，開啟冷氣打開運動飲料加水稀釋讓周聖之補充電解質；在床上的周聖之一直看著方雁琳忙進忙出的樣子，覺得好感動，已經好久好久沒看到這番情景了，他在床上回想起與方雁琳同居的時光，他如何對待包容他各種任性、頤指氣使等態度的方雁琳，突然覺得羞愧萬分，趁著方雁琳坐回床上的那一剎挪，周聖之起身抱緊了方雁琳。

「你⋯你幹嘛⋯」方雁琳被嚇的口齒不清。

「沒⋯我只是覺得過去的我太過蠻橫不講理，你一直包容我，而我卻得寸進尺，對你⋯我虧欠太多太多了⋯」周聖之懺悔說道。

方雁琳嘆了口氣，拍拍周聖之的背：「現在說這些幹嘛，你躺著好好休息，等你好一點的時候再說。」

方雁琳欲推開周聖之時，卻反而被抱的更緊。

「不⋯我怕現在不說以後就沒機會再說了⋯我怕你又再次的逃離我⋯我愛你，雁琳⋯不要離開我好嗎？」

聽到周聖之這樣說，方雁琳終於還是心軟原諒了他，方雁琳回抱住周聖之：「好…在你睡之前我都不會離開你…」

「不…我說的是我們結婚吧！」

面對周聖之突如其來的求婚，方雁琳頓時傻在原地。

「你說…結婚？」

周聖之點點頭：「對，我們結婚吧…我發誓我再也不要與你分開了…我一定敬你、愛你、好好的照顧你，好嗎？」

這時方雁琳醒了，她用力的推開周聖之默默的說道：「你不要以為結了婚我就不會離開你，如果你故態萌發我一樣還是會離開你，所以結婚並不是能把我綁在你身邊的一種手段好嗎？」

周聖之聽到方雁琳這麼說，突然慌了，急忙解釋道：「不…我不是這個意思…我是說…」

正當周聖之還欲說什麼的時候，方雁琳接著說道：「我知道你的意思，但你不應該在這時候提出結婚的要求…應該是要先從恢復同居開始，你還在我留校察看的名單中，知道嗎？在你還沒徹底改變前，我是不會和你結婚的…」

　　聽到方雁琳這樣說，周聖之抱住了方雁琳：「好⋯好⋯都聽你的，我發誓我一定會改變給你看的。」

　　方雁琳抱住了周聖之，記住周聖之承諾過的話，決定再次相信周聖之的改變。

第八章　結婚的意義

回國後的兩人又繼續同居的生活，周聖之想打電話向林品晨答謝他的幫忙，卻一直聯絡不到人，好似林品晨這個人從人間蒸發了一般，遍尋不著的周聖之也隨著時間漸漸放棄找人，看到周聖之對於林品晨這麼執著，方雁琳感到有些吃味：「你這麼想急著找林品晨舊情復燃嗎？」

面對方雁琳的吃味周聖之感到有些開心，將方雁琳擁了過來親一下額頭：「才沒有，我只是想要好好的跟她說一聲『謝謝』，若沒有她的當頭棒喝外加嚴厲的指教，恐怕我到現在都還沒醒，也不會再次把你追回來。」

「這麼聽起來，我好像也得好好的謝謝這位 Sunny 小姐，把你的木頭腦袋挖出來整修一番。」方雁琳調皮地用手敲了敲周聖之的腦袋，周聖之溫柔地將方雁琳的手握緊打趣說道：「你說誰是木頭腦袋啊？」周聖之使出的搔癢攻擊，撓的方雁琳直說不要，但突然方雁琳覺得奇怪，制止了周聖之的行為。

「等等…我突然想到，我要跟你的一夜情對象說『謝謝』這樣也挺奇怪的。」

聽到方雁琳這麼說，周聖之的愧疚感如潮水般襲湧而上，沮喪的坐在沙發上，方雁琳看到後得知自己好像說錯話，連忙打圓場。

「沒…沒啦，我…只是…自己還是過不去，還是很在意那件事…」

聽到方雁琳這麼說，周聖之抬起頭再次的解釋。

「我那天真的喝醉了…我也不曉得為什麼我會幹出這樣的事…其實我也很懊悔…恨不得把那天的自己給殺了…」

方雁琳心疼的將周聖之擁入懷中：「抱歉…我想我們都需要時間去沖淡這一切…我們以後都別再提這事好了…」

兩人在沙發上相擁著，並決心要一起渡過這次的難關，畢竟兩人交往了近七年的時間了，對彼此有一定深厚、難以輕易割捨的感情存在。

這時周聖之的電話突然響起，來電顯示為陳剛，周聖之覺得奇怪為何好久不見的陳剛會打電話給他，周聖之接起電話『喂』了一聲，便清晰的聽見陳剛的回話：「喂！學弟，好久不見，你和經理過的還好嗎？」

聽到陳剛這麼問，周聖之剎時間愣住，覺得陳剛這通電話也來的太過巧合，他怎會知道最近他和雁琳最近有發生事情，於是打算不說破：「很好呀！」

「是嗎？」陳剛狐疑的問著。

周聖之反問：「怎會這麼問呢？你不信的話雁琳在我旁邊，你要跟她說說嗎？」

陳剛在電話那頭搖搖頭：「不了，知道你們沒事就好，對了，我要結婚了。」

「什麼！」周聖之驚訝的從沙發上跳起來，繼續說道：「對象是誰？」

陳剛語帶保留的說：「到時參加婚禮你就會知道了！好了，不多說了，我們正在試婚紗，我老婆剛出來，先忙了，掰。」

掛掉電話的周聖之跟方雁琳說了這個好消息，方雁琳驚訝的要求一定要參加陳剛的婚禮，當然周聖之也想去參加，因為他想知道到底是怎樣的女人會選擇這無趣魁梧的大猩猩。

　　婚禮當天，周聖之楷同方雁琳出席陳剛的婚禮，周聖之好奇的往禮桌相本區那探頭探腦的，好不容易等到人群散去後周聖之翻開婚紗相本，訝異到下巴都合不起來，這時陳剛楷同新娘子走了過來。

　　「嗨！好久不見。」陳剛率先開口向周聖之和方雁琳打招呼。

　　周聖之抬起頭看向陳剛，又看向旁邊挽著陳剛手的新娘，顫抖的說著：「你…你們怎麼會在一起？什…什麼時候的事？」

　　陳剛害羞的說不出話來，在一旁的新娘笑著說：「這是秘密～」然後比了個『噓！』的俏皮手勢。

　　在一旁的方雁琳看著周聖之奇怪的舉動，便開口問道：「你怎麼了？你也認識新娘？」

　　周聖之不可思議的向方雁琳說道：「她…她就是 Sunny 呀！」

　　方雁琳回想一下這似曾相識的名字，然後突然驚訝的大叫一聲：「啊！！你就是在我們房裡睡覺的那個！！你…你們怎會？」

陳剛默默的說道：「這件事說來話長…有機會再與你們慢慢說吧！快點入座，待會婚禮就開始了。」

周聖之和方雁琳抱著難以平復的驚訝心情，隨著總招的指引入座。過沒多久婚禮開始了，在主持人的介紹下新娘在隨著父親的牽引緩緩入場，新娘的父親將新娘的手交給了陳剛，兩人挽手上台接受大家的祝福，經過短暫的儀式後，主持人大聲說著接下來的流程。

「我們有請新郎對新娘說幾句話。」

陳剛接過麥克風，緊張地從懷中拿出稿紙說著。

「雖然我們認識不久，但你爽朗的笑聲、不做作的態度總能吸引著我的注意，曾經和大家宣示永不結婚的我，如今也拜倒在妳的石榴裙下，看見在感情中脆弱到無從依靠的妳，瘦弱的身影令人憐惜，讓我不由得想要好好的保護你、愛護你，但你總是倔強的將我的手推開，一個人舔舐傷口，但現在你願意伸出手接納我並和我攜手走向未來，我真的很開心，我愛你品晨。」

陳剛感人肺腑的告白，讓在場不少人頻頻拭淚，主持人在掌聲過後大聲說道：「那新娘有什麼話想要對新郎說的嗎？」

林品晨害羞的接過麥克風，深吸了一口氣後：「感謝你一直沒有想要放棄我，也很感謝因為你的堅持讓我打開心房，也很感謝因為你包容我的倔強，也很感謝因為你的耐性讓我體會到什麼是真愛，陳剛我愛你。」

「謝謝新娘和新郎感人肺腑的告白，那請新娘新郎交換戒指，立下愛的誓約，一吻定情！」

在主持人的慫恿下兩人害羞的交換戒指，相擁親吻，看得周聖之甚是感動，覺得：原來結婚就是這麼一回事，不是相互的束縛彼此，而是愛與包容，回想自己過去對待方雁琳的一切，真恨不得把那時的自己給殺了，周聖之決心彌補這一切，望向一旁的方雁琳，牽起方雁琳的手。

方雁琳疑惑的看著周聖之，馬上就被他誠摯的眼神所吸引。

「雁琳，我想我可以理解你當初說過的『結婚』的意義，我一定會給你一個比陳剛還要好的婚禮，你願意相信我嗎？」

方雁琳撫上周聖之的手，輕輕的笑了笑：「我等你。」

　　周聖之和方雁琳相視而笑，在婚禮活動持續進行中的當下，周聖之的心中已被陳剛和林品晨的一番話所感染，以往都是方雁琳在包容著他，現在必須得要做出改變，要成長成為一個能讓方雁琳安心依靠的對象，周聖之默默的在心裡下定決心，而方雁琳也全心相信眼前這個男人的改變會為他們帶來美好的未來，兩人緊握著的雙手，亦象徵著未來的不離不棄。

　　　　　　　　　　　　　　　　　　　　　　　　- 完 -

第八章　結婚的意義

國家圖書館出版品預行編目資料

自私的男人／汶莎　著.—初版.—
　臺中市：天空數位圖書　2019.12
　　面：公分
　　ISBN：978-957-9119-65-8（平裝）

863.57　　　　　　　　　108022717

發　行　人：蔡秀美
出　版　者：天空數位圖書有限公司
作　　　者：汶莎
編　　　審：白雪
製 作 公 司：傑拉德有限公司
　　　　　　　晴灣有限公司
版 面 編 輯：採編組
美 工 設 計：設計組
出 版 日 期：2019 年 12 月（初版）
銀 行 名 稱：合作金庫銀行南台中分行
銀 行 帳 戶：天空數位圖書有限公司
銀 行 帳 號：006-1070717811498
郵 政 帳 戶：天空數位圖書有限公司
劃 撥 帳 號：22670142
定　　　價：新台 260 元整
電子書發明專利第 I 306564 號

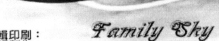

紙本書編輯印刷：
電子書編輯製作：
天空數位圖書公司　E-mail：familysky@familysky.com.tw　http://www.familysky.com.tw/
地址：40255台中市南區忠明南路787號30F國王大樓　Tel：04-22623893　Fax：04-22623863